KB012162

CONTENTS

And you thought
there is Never a girl online?

DESIGNED BY AFTERGLOW

인
/─ 아카네

─서의

주의인
이트(♂),
되어서도─

루시안
/니시무라 히데키

온라인에서의
루시안

방어구 지상주의인
임페리얼 가드(♂),
지휘관으로서는……
뭐, 무난합니다.

아코
/타마키 ─

온라인에서─

외모 지상주의
홀리 클레릭(─
싸우고 싶지 않
지휘관으로…

고양이공주
/사이토 유이

온라인에서의
고양이공주 님

경험이 풍부한 홀리 클레릭으로서
본다면, 다들 물러나겠다냐.

Lv88	HP/15844	MP/2152
Name	Sette	
Job	Demon's Master	
Sex	Female?	

Atk/122+105 Mat/173+180
Def/98+172   Mdf/106+10

Lv102	HP/25320	MP/3332
Name	Nekohime	
Job	Holy Cleric	
Sex	Female?	

Atk/42+113 Mat/341+223
Def/103+90 Mdf/210+25

Lv99	HP/18512	MP/1053
Name	Shushu	
Job	Champion	
Sex	Female?	

Atk/174+225 Mat/76+52
Def/121+180 Mdf/92+24

Lv32	HP/1259	MP/14
Name	Mikan	
Job	Archer	
Sex	Female?	

Atk/47+77 Mat/21+0
Def/26+43 Mdf/30+0

현실 세계의 타마키 아코
학생회와는 인연이 없는
커뮤니케이션 장애 외톨이 걸.
마스터의 폭거에 곤혹하는 중.

현실 세계의 니시무
이쪽도 학생회와는 인연이
오픈 오타쿠. 너무나 어이오
이미 태클이 따라가질 못한

온라인게임의 신부는 여자아이가 아니라고 생각한 거야?

키네코 시바이 지음

Hisasi 일러스트

이경인 옮김

Lv.13

프롤로그

"책임을 져야죠!"

게임과 현실이 같은가 다른가, 라는 이야기하고는 조금 어긋나지만 말이야, 인터넷과 현실에서 성격이 다른 사람은 꽤 많이 있다고 해.

현실에서보다 공격적이거나, 평소에는 말하지 않는 극론을 말하거나, 반대로 전부 자기 일이라고 생각해서 상처받는다는 등, 그런 일이 있다더라.

아아, 응. 인터넷에서의 아코는 평소보다 활기차지. 근데 아코 너한테 게임과 현실은 같은 거 아니었어? 아니, 딱히 상관은 없지만.

아무튼, 온라인 게임에서는 꽤 많지~ 라고 느끼는 패턴이 있는데, 온라인 게임을 하면 왠지 쓸데없는 짓을 하는 사람이 늘어나는 것 같아.

이러는 편이 낫다, 저러면 손해라며 충고하는 척 지시를 내리는 사람이라든가, 레벨 올리는 걸 도와준다고 하면서 파워 레벨링을 해버리는 사람이라든가.

온라인 게임에서는 그런 참견쟁이들이 늘어나는 듯한 기분이 들어.

—뭐, 나도 남 말은 못하지만.

그리고, 그것 관련으로 조금 슬픈 사건이 있었어.

내가 이 게임을 이제 막 시작해서, 고양이공주 씨와 같은 길드에 있을 무렵……

그때의 나는 이런저런 것들에 손을 대면서, 지금은 거의 쓰지 않는 생산 스킬도 자주적으로 올리기도 했었어.

당시에는 대검을 쓰고 있었으니까 검 제작 스킬을 열심히 올렸지.

◆루시안 : 좋았어! 스킬 올랐다!

◆KSK : 축하.

그때 올린 스킬로 바스타드 소드를 만들 수 있게 되었지.

생산 스킬은 처음에는 아무 도움도 되지 않는 소재나, 저렙 무기밖에 만들 수 없잖아?

그러다가 고생 끝에 스킬 레벨을 올려서 마침내 자신의 무기를 만들 수 있는 데까지 온 거야.

이제 내가 만든 무기로 싸울 수 있어! 라며 엄청 좋아하며 만들려고 했는데—.

◆루시안 : 어? 소재가 부족해?!

준비해뒀던 소재가 핀 포인트로 하나 부족하더라고. 게다가 마켓에 갔더니 아무리 봐도 비싼 녀석들밖에 남아있지 않았어.

곤란해진 나는 길드 채팅으로 상담했지.

◆루시안 : 누구 리저드의 겉껍질 있는 사람 있나요?

◆KSK : 있는데.

대답을 준 사람은 생산 스킬을 마구 올리고 있던 KSK 씨였어.

◆루시안 : 진짜요? 하나 살 수 있을까요?

◆KSK : 그냥 줄게. 가져가, 가져가~. 길드 아지트에서 기다려.

나는 「살았다, 역시 길원이 최고야」라고 생각하면서 기다렸어.

그랬더니 커다란 짐을 든 KSK 씨가 찾아왔어.

◆KSK : 겉껍질은 어디에 쓰려고?

◆루시안 : 바스타드 소드를 만들까 해서요.

◆KSK : 아아, 바소 장비할 수 있게 된 건가. 잠깐 기다려.

무슨 일인가 싶어서 바라보는 내 앞에 대장장이 세트가 두둥! 하고 나타났어.

어? 그거 아이템 만들 때에 쓰는 거잖아? 잠깐, 뭐하는 건데?

◆KSK : 바소 갑니다~.

◆루시안 : 에엑?!

뚝딱뚝딱 뭔가 만들기 시작했어!

그대로 뚝딱, 슉슉, 삐걱삐걱, 작업하기를 십여 초……

따라라라랏따라~! 하는 대성공 효과음이 울려 펴졌어.

◆KSK : 오, 대성공! 좋은 게 생겼네. 자.

◆루시안 : 어? 아, 감사합니다……?

그는 완성된 바스타드 소드를 어째서인지 나한테 주더라고.

◆루시안 : 근데 제가 만들 생각이었는데요?

◆KSK : 내 스킬이 더 높으니까 위력이 다르다고. 그거 대성공한 좋은 아이템이니까 써.

◆루시안 : 고, 고맙습니다. 소재 드릴게요.

◆KSK : 괜찮아, 괜찮아.

확실히 그 바스타드 소드는 나로서는 만들 수 없을 만큼 좋은 품질이었어.

내가 쓰는 무기니까 조금이라도 더 강한 편이 좋고, 굳이 내가 만든 걸 쓸 이유는 없지. 오히려 좋은 걸 공짜로 받았으니까 고마울 정도일 텐데…….

◆루시안 : 감사합니다.

◆KSK : 렙업 힘내라~.

감사하기는 했어도, 어째서인지 복잡한 기분이 들었던 나는 그 이후로 생산 스킬을 올리지 않게 되었어.

아아, 응. 슬픈 추억이긴 하다고 생각해.

다만 조금 더 이어지는 이야기가 있는데, 그로부터 며칠 뒤에 말이지…….

◆KSK : 루시안! 미안!

◆루시안 : 어? 갑자기 뭔가요?

갑자기 KSK 씨가 사과를 하더라고.

뭔가 했더니—.

◆KSK : 루시안 넌 스킬을 올려서 자기 무기를 만들고 싶었던 거지? 내가 만들어 버려서 미안.

◆루시안 : 아니, 뭐, 그렇긴 한데요. 어떻게 아셨어요?

◆KSK : 고양이공주 씨한테 엄청 혼났어. 바소 만들려고 스킬 올리고 있었는데 만들어 주면 의미가 없다냐, 라면서.

◆루시안 : 고양이공주 씨 굉장하네.

◆KSK : 그 사람, 길원들 엄청 잘 살피거든.

◆KSK : 그럼, 바소 소재 줄 테니까 스스로 만들어 볼래?

◆루시안 : 아뇨, 딱히 상관없어요. 생산 그만두고 렙업으로 돌아갈까 하거든요.

◆KSK : 오우.

◆루시안 : 전 역시 생산 스킬을 별로 좋아하지 않는 것 같아요.

◆KSK : 진짜냐. 깨달아버린 거냐.

진짜진짜. 나는 사냥 쪽을 좋아한다는 걸 깨달았어.

그 후에 내가 생산 스킬을 올리게 될 일은 없었지.

◆아코 : 가속(加速) 씨[1], 너무하네요!

#1 가속(加速) 씨 일본어로 「가속(加速)」은 「카소쿠(かそく)」라고 발음하는데, 일본 커뮤니티 「2ch」에서는 이 단어를 「KSK(kasoku)」라고 줄여 쓰기도 한다.

◆루시안 : 케이스케 씨라고 읽는 건데…….

◆아코 : 그건 지금은 아무래도 좋아요!

옳으신 말씀입니다.

◆루시안 : 하지만 KSK 씨도 호의로 해준 일이고, 나중에 사과했으니까 지금은 전혀 화나지 않아.

◆아코 : 그럼 이 이야기는, 루시안이 생산 스킬을 올리지 않았던 것에 대한 변명인가요?

◆루시안 : 그것도 있지만, 그것만 있는 건 아니고…….

아코와 함께 찔끔찔끔 올리고 있으니까 생산 스킬은 그걸로 만족하라고 하고—.

◆루시안 : 내가 하고 싶은 말은, 좋을 거라고 생각해서 한 행동이 나쁜 결과로 이어지는 경우가 있다는 뜻이야.

◆아코 : 참견이라는 거네요.

◆루시안 : 그래그래.

알아주니 기쁘다.

◆루시안 : 그러니까 딱히 우리 집에 올 필요는 없다고 생각해.

◆아코 : 무슨 소리인가요, 루시안의 처음을 받아간 책임을 져야죠!

◆루시안 : 그~러~니~까! 그런 책임은 없다고! 쓸데없는 소리 하지 말라는 거야!

◆아코 : 아뇨. 이제 정말 슬슬 얼굴 정도는 비치고 싶은데요.

◆루시안 : 진지한 톤으로 말하지 말아줘.

그 숙박했던 날 이후 나의 신부가 멈추질 않습니다.

누가 좀 구해주세요.

일단 저로서는 무리입니다.

1장

"군마에서 길드가 해산했다"

가벼운 책가방을 책상 위에 올려놓고 교복 상의를 의자에 걸었다.

옷에 이상한 자국이 생기니까 좋지 않다고 듣기는 했지만, 5월 중순이 지난 이 시기는 조금 더울 정도라서, 이걸 입은 채로 수업을 받으라는 건 좀 봐줬으면 좋겠다.

셔츠 단추를 풀고 책상에 풀썩 엎어졌다.

흔히 5월병[#2]이라고들 하지만, 연휴가 끝난 직후에 치러진 중간고사도 끝난 지금 시기에는 확실히 할 일이 아무것도 없어서 왠지 나른한 기분이 든다.

다들 그런 모양이라 아침의 교실은 느긋한 분위기가 감돌았다.

얼마 전 같은 찌릿찌릿한 분위기보다는 낫다고 생각하지만……

"후아암……"

"루시안, 졸린 건가요?"

무심코 하품을 하자 옆자리에 앉은 아코가 물었다.

#2 5월병 일본에서는 4월이 새 학기, 입학, 취업 등 새로운 환경의 시작을 알리는 달로, 4월 한 달간 새로운 변화에 적응하는 시기를 거치다가 5월의 골든위크 이후에 급격한 무기력증을 느끼는 사람이 증가한다. 이를 두고 「5월병」이라고 부른다.

자리 바꾸기 결과, 이 무슨 기적인지 아코가 내 옆으로 이동했다. 그러자 오히려 이야기하기가 쉬워졌는지 좋아하며 말을 걸어온다.

"아니, 그런 게 아니라……. 왠지 기합이 들어가지 않는 것 같아서."

"시험에서 MP를 모조리 다 써서 그런 것 아닐까요?"

"이번에는 평소보다 나았다고 생각하는데? 아코도 전보다 성적이 좋아졌고."

같은 반이 되고부터는 수업 태도나 과제 제출물을 확인했기 때문인지 아코는 나름대로 수업 내용을 기억하고 있었다.

지금까지처럼 제로부터 가르치던 것하고는 달랐기에, 1학기 중간고사는 꽤나 안정적으로 돌파할 수 있었다고 생각한다.

"그렇다고 시험이 편했던 건 아니에요오."

"그야 그렇지."

물론 편하진 않고, 아코의 점수는 안정적으로 평균 이하였지만……

상승 욕구가 있다면, 다음 기말고사에서는 평균을 돌파하는 과목이 나왔으면 좋겠다며 선생님이 기대감 어린 시선을 보내고 있었다.

"할 일도 없고, 한가하단 말이지."

"이럴 때야말로 온라인 게임을 열심히 해요!"

"그야 온라인 게임도 열심히 하겠지만, 그쪽도 딱히 업뎃

이 없잖아."

"시기적으로 이벤트가 없으니까요."

연휴 때 할 일을 다 해서 그런가, 이 시기는 온라인 게임
쪽도 느긋한 상황이다.

"평화가 제일이네요."

"항상 무슨 일이 생기면 곤란하니까."

특히 아코는 아무 일도 없는 게 좋다는 타입이고.

"아, 맞다, 맞다. 루시안."

아코가 문득 떠오른 것이 있는지 이쪽으로 몸을 쭈욱 내
밀었다.

무슨 일인가 해서 바라보니, 아코가 그대로 고개를 조금
위로 들고 입술을 내밀고 있었다.

"우음~."

엄청 키스하고 싶다는 얼굴로 나를 올려다봤다.

뭐야, 얘는 대체 교실 한가운데서 뭐하는 거야?

"뭘 하고 있는 것인고. 아코."

"우음~."

"우음~ 하지 말고."

"우음~."

"이야기를 들어."

"냐웃."

머리를 꽉 누르자 아코가 겨우 눈을 떴다.

우는 소리가 조금 귀여웠지만, 그걸로 응석을 받아주면 심해진다니까, 이 녀석.

"뭐하는 건가요. 차암~."

"내가 할 말이거든?!"

대체 무슨 속셈으로 한 행동이냐고?!

설마 아침부터 교실에서 나보고 키스를 해달라거나, 그런 바보 같은 생각은 아니었겠지?

"물론, 아침 키스를 하려고……."

내 신부, 그런 바보였어!

이 상황에서 내가 키스를 할 거라고 생각한 거야?! 그보다 어떤 상황이든 안 하겠지만!

"절대로 안 해!"

"어째서인가요? 이상하잖아요! 루시안!"

"어째서 내가 나쁜 것 같은 분위기가 되는데!"

"부부의 스킨십은 중요하다고요."

"부부 아니거든?!"

바로 직전에, 서로 열심히 하자는 이야기를 했었을 텐데.

아코는 대체 어떻게 해야 이해해 주는 걸까. 왠지 포기하는 편이 낫겠다는 기분이 들었다.

아니, 설마, 그렇게 나를 단념하게 만드는 것이 아코의 작전?!

"우우~. 루시안은 어떻게 해야 알아줄 건가요……."

"……그럴 리가 없나."

평소의 아코였다.

"그래요, 루시안. 외국에서 키스는 인사라고 하니까, 딱히 상관없잖아요."

"외국이라도 인사로 입에 키스는 하지 않을 걸."

"어?. 안 하나요?"

"검색해 봐. 뺨 정도가 대부분이니까."

"……."

휴대전화를 톡톡 두들긴 아코가 나 몰라라 하는 표정으로 말했다.

"다른 나라는 다른 나라니까요!"

"일본에서는 원래 인사로 키스는 안 해!"

자기한테 유리한 식으로 떠드는군.

요즘 아코는 줄곧 이렇다.

내가 자는 사이에 퍼스트 키스를 빼앗았다고 주장하며 틈만 나면 이렇게 키스를 요구한다. 이쪽으로서는 노 카운트이므로 민폐이기 그지없다.

—그보다, 정말로 했다면 왜 나는 기억을 못 하는 건데?

나와 아코의 소중한 추억이 다르다는 건 엄청나게 못마땅한 사태거든?!

차라리 없었던 걸로 해주고 싶어!

"너희들. 아침부터 왜 그런 미친 듯이 부끄러운 소리를 하고 있는 거야……."

그때, 아침부터 지친 표정을 지은 세가와가 다가왔다.

분명 우리 탓일 테니까 정말로 미안하다고 생각하고 있긴 하다.

"세가와. 아코한테 뭐라 말 좀 해줘."

"루시안한테 뭐라 말 좀 해주세요."

"나는 너희 둘을 막으러 온 거거든?!"

세가와가 책상을 탕탕 두들겼다.

"키스를 하니 마니, 듣고 있는 쪽이 더 버겁다고!"

"안 한다니까."

"하자고요."

"그러니까 그 소리를 그만두라는 거잖아!"

세가와가 얼굴을 약간 붉히며 아코를 바라봤다.

"아무튼 아코, 한 번 해서 억누를 수가 없게 된 걸지도 모르지만, 여자아이로서 조금은 조신하게 행동하라고."

"그래도! 하고 싶잖아요!"

"그래도, 라고 하지 마!"

잠깐잠깐! 막아주는 건 괜찮지만, 세가와 씨?!

내뱉은 말에 조금 문제가 있는 것 아닌가요!

"한 번 했……다고……?!"

"하고 싶다고…… 오오…… 이게 무슨……."

"니시무라, 마침내 버려버린 거냐."

"그걸 버리다니, 터무니없는 짓을……."

"타마키…… 드디어……?"

이것 봐! 주변에서 소곤거리는 소리가 들리잖아!

"세가와! 말을 잘못해서 어마어마한 오해를 불러버렸는데?!"

"너도 마찬가지야. 니시무라. 우물쭈물하지 말고, 싫다면 딱 잘라 거절하라고."

"거절해도 듣지를 않잖아!"

거절해도 거절해도 얽혀오는 아코를 어쩌라는 거야!

"저기~ 저기~."

우왓! 뒤에서 아키야마가 불쑥 튀어나왔다.

이쪽은 세가와하고는 반대로, 아침부터 오히려 즐거워 보인다.

"왜 그래? 나나코."

"겉으로 보면, 셋이서 수라장을 벌이는 것 같아."

"수라장?!"

"게다가 치정 관련으로."

더 복잡해지니까 그만둬!

이것 봐, 주변의 시선이 한층 따가워졌다고!

"으으, 한 번이라도 하면 이렇게 될 예감이 들었다고……."

"제 앞에서 빈틈을 보인 루시안 잘못이에요."

"남녀가 반대가 돼버렸네."

뭐가 즐거운지 아키야마는 킥킥 웃었다.

아아, 정말, 아무 이벤트도 없는데 문제투성이야.

"자~, 다들 자리에 앉으렴~. HR 시작할 거야."

그때, 선생님이 교실로 들어온 것과 거의 동시에 종이 울렸다.

아아, 다행이다. 겨우 아코에게서 벗어날 수 있겠어.

"······(싱글벙글)."

"···········."

옆에서 나를 빤히 보고 있지만!

"다들, 중간고사 수고했어."

선생님이 자리에 앉은 우리를 돌아보며 느긋하게 말했다.

"사실은 이런 말을 해서는 안 되지만, 비밀을 말하자면, 우리 반은 낙제점 0명이라고 학년주임 선생님께 칭찬을 받았단다. 고마워."

"그럼 주스 사줘요~."

"그런 포상은 없습니다. 학년주임 선생님께 칭찬을 받더라도, 선생님의 월급은 오르지 않거든."

선생님이 태연한 표정으로 말하자 교실에서 웃음소리가 새어나왔다.

이렇게 보면 교실 분위기도 꽤나 부드러워졌다고 생각한다.

"시험이 끝나서 긴장이 풀린 면도 있으리라 생각하지만, 다음 주에는 학생회 선거가 있어. 입후보하고 싶은 사람은 나한테 말하렴."

"아, 선거가 있네요."

아코가 작은 목소리로 말했다.

"이걸로 마스터도 이제 학생회장 은퇴인가."

"온라인 게임에 집중할 수 있겠네요."

"수험 같은 것도 있지만 말이지."

3학년이니 오히려 바빠지지 않을까?

"마스터라면 추천으로 들어갈 수 있지 않나요?"

"그야 그렇지만, 마스터라면 추천 정원에는 다른 사람을 넣고 자기는 직접 시험을 보려고 하지 않을까?"

어차피 합격할 거다, 내가 지정 학교 정원을 써버리면 아깝겠지, 라고 말할 것 같다.

"우우, 어차피 수험을 치른다면 추천을 받고 싶어요."

지정 학교와는 가장 거리가 먼 아코가 그렇게 중얼거리자―.

"자, 거기 두 사람. 추천을 원한다면 잡담은 그만두렴."

선생님께 함께 혼나서 다시 교실에 웃음소리가 새어나왔다.

저기, 모두의 리액션이 평소대로인데, 아까 전의 이야기는 전혀 신경 쓰지 않는 거야?

키스가 어쩌고 하는 이야기로는 고작 몇 분간의 화제밖에 되지 않는 나와 아코는 명백하게 문제가 있는 게 아닐까 하는 생각이 드는 아침이었다.

† † †   † † †   † † †

시험이 끝나서 느긋하게 진행되는 수업도 끝나고, 방과 후.

"자, 루시안. 부활동을 하러 가죠!"

아코가 기운차게 일어났다.

이 목소리만 들으면 즐겁게 수업을 받은 것처럼 들리는데 말이지.

"방금 전까지 줄곧 다 죽은 표정을 짓지 않았냐, 아코."

"수업 같은 건 멸망하면 된다고요."

아코는 뭘 하러 학교에 오는 걸까.

그래, 부활동인가. 즉, 온라인 게임인가.

"니시무라, 아코. 가자~."

아키야마가 슬쩍 찾아왔다.

세가와와는 달리 숨길 생각이 없는 그녀는 부실로 함께 가기도 한다.

그리고, 세가와는 어쩌고 있느냐면—.

"내일 봐, 나나코, 아코, 그리고 니시무라."

"그리고라는 말을 붙일 필요가 있었나?"

거짓말을 늘어놓으며 우리에게 손을 흔들고 있었다.

같이 가면 될 텐데, 변함없이 숨은 오타쿠다.

"세가와는 아직도 온라인 게임 하는 거 숨기고 있단 말이지."

셋이서 터덜터덜 복도를 걸어가며 대화를 나눴다.

"응, 아직 애쓰고 있어."

아키야마가 한가롭게 대답하자 아코가 고개를 갸웃했다.

"저하고도 평범하게 이야기하는데, 들키지 않은 건가요?"

"으음, 들켰다고도 할 수 있고, 들키지 않았다고도 할 수 있으려나?"

오묘한 말인데…… 어느 쪽이지?

나와 아코가 물음표 마크를 띄우자—.

"그게, 오타쿠가 싫다고 말하면서도 그쪽과 관련해서 자세하다는 건 들켰어."

"그야 대화에서 드러나고 있으니……."

"단지, 아카네는 전부터 아코랑 친구였다 보니, 지식만큼은 갖고 있다는 느낌이 되어 있거든."

호오, 호오, 아코와 친구니까 알고 있는 건 어쩔 수 없다는 변명인가.

"저는 평범한 이야기를 하지 않으니까요."

그래서 설득력이 있는 거네요, 라면서 아코는 납득하고 있었다.

이거 납득해도 되는 건가?

"지금은 나도 게임을 시작했으니까 아카네도 더더욱 말려들어서, 설령 부실에 있는 게 들키더라도 나랑 아코가 끌어들였다는 변명을 할 수 있어! 완벽하지!"

아키야마는 씨익 웃으며 가슴을 폈다.

"그렇게까지 숨길 필요가 있을까……."

"그건 아카네의 문제니까."

아키야마는 가볍게 손을 흔들며 웃었다.

자기는 전혀 신경 쓰지 않는데, 세가와가 신경 쓰고 있으니까 도와주기는 하는구나.

리얼충은 겉보기와는 달리 참으로 남을 잘 보살펴 준다.

아니, 커뮤니케이션 강자이기에 그런 걸까?

"아키야마는 반장 타입이네."

"지금도 반장이잖아."

"그러고 보니 그랬나……."

"반장이라니 귀찮아 보이네요."

"그렇지도 않은데?"

그렇게 이런저런 대화를 나누며 1층 게시판 앞을 지나갔다.

게시판이라고 해도 온라인 게임의 그게 아니고, 학교 안내 같은 게 붙어있는 그거다.

지금은 학생회 선거에 대한 안내가 크게 자리를 차지하고 있었다.

이제 막 공지되었기 때문인지 입후보자란에는 누구의 이름도 적혀있지 않았다.

"세테 씨, 학생회장 같은 거 잘 어울려 보이네요."

아코가 힐끗 안내문을 엿보면서 입을 열었다.

"중학교 때는 했었어."

호오, 그렇구나.

"전혀 의외는 아니네요."

"그렇구나~ 라는 느낌인걸."

"리액션이 약해!"

너무 잘 어울려서 전혀 위화감이 없으니까.

오히려 안심할 정도라고.

"고등학교에서는 안 할 건가요? 세테 씨라면 즐겁게 회장 활동을 할 수 있을 것 같은데요."

"그래? 그런 느낌이야?"

"좋은 학생회장이 될 거라는 이미지는 있지."

"정말로?"

세테 씨는 에헤헤 하고 웃었다.

"그런 말을 들으면 해볼까~ 라는 기분이 드네."

왠지 내키는 마음이 들고 있어?!

"어, 정말로 하는 건가요?"

"아니, 딱히 내가 꼭 해야 한다는 것도 아니니까."

싱글벙글 웃으며 말을 이었다.

"좀 더 어울리는 사람이 있지 않을까?"

"그런 건가?"

다들 누군가 다른 사람이 하는 거라고 생각하며 무시한 단 말이지.

"과연 누가 될까?"

"마스터의 뒤를 이을 수 있는 사람이 과연 있을까요?"

"어떻게 될까?"

그때, 인적이 줄어든 부실동에 들어온 즈음해서 뒤쪽에서 발소리가 들려왔다.

"기다렸지?"

종종걸음으로 다가온 세가와가 스르륵 아코와 세가와 사이에 끼어들었다.

말을 걸어왔다는 건 주변에 아는 사람이 없다는 뜻이로군.

"딱히 기다리지는 않았는데."

"그런 소리 하면서도 루시안, 평소보다 천천히 걷고 있었잖아요."

"말하지 마."

"뭐야, 여기서는 니시무라가 츤데레야?"

"데레해줄까? 이 녀석아."

"밥맛이니까 그만둬."

"저한테 데레해 주세요!"

우리는 그렇게 와자지껄 떠들며 부실로 향했다.

마스터가 부실로 온 것은 우리가 모인지 한 시간 정도 지난 후였다.

"미안하다. 오래 기다리게 했군."

"마스터! 늦어!"

"무슨 일 있었나요?"

"잠시 선거에 대한 상의가 있어서 말이다."

아아, 그렇구나. 학생회장이니까.

"중요한 이벤트이긴 하지."

"음. 이것이 내 학생회장으로서의 마지막 일이겠지."

마스터는 조금 슬픈 듯이 미소를 지었다.

"미안하지만, 건성으로 할 수는 없으니 말이다."

"그야 중요하겠네."

"온라인 게임을 하고 있을 때가 아니겠어."

일개 학생으로서도, 부장과 길드 마스터와 학생회장이라면 학생회장을 우선해줬으면 좋겠습니다.

"근데 선거 하니 말인데, 입후보하는 사람이 제대로 있을 것 같아?"

"그래. 현재 학생회의 2학년이 입후보한다고 들었다."

"그래?"

"우리 학교는 부회장을 맡은 1학년이 2학년 때 회장이 되는 패턴이 많으니 말이다."

"1학년 때 회장이 되었던 마스터는 예외인가?"

그것도 2년 연속이었고.

"딱히 예외라고 할 건 아니었다. 1학년이 회장이 되었던 예시는 얼마든지 있으니까. 그저 부회장을 하다가 회장이 되는 루트가 많았을 뿐이지."

이번에도 그렇게 될 거라는 뜻이네.

"그럼 지금 부회장이 회장이 되는 건가요?"

"달리 입후보자가 없다면 그렇게 되겠다만……."

그 편이 무난할 텐데도, 마스터는 왠지 복잡한 표정이다.

뭔가 불만이라도 있는 건가?

"실은 조금, 그에게 회장을 맡겨도 되는지 걱정이 돼서 말이다."

"지금 부회장은 별로야?"

"별로는 아니다만……."

마스터는 으으음, 하고 복잡한 표정으로 말했다.

"내가 2년 연속으로 회장을 맡았기 때문인지, 지금의 학생회는 조금 상명하달 경향이 있어서 말이다."

"상명하달."

명백하게 몰라서 되풀이한 거군, 아코.

"윗사람이 모든 지시를 내리는 느낌인 거야."

"그렇군요!"

소곤소곤 대화하는 아키야마와 아코를 내버려둔 채, 마스터가 말을 이었다.

"정신을 차리고 보니 학생회 멤버들이 내 지시만 기다리는 상황이 되어 버렸지. 내가 현역이라면 딱히 문제는 없다만, 그들에게만 맡겨두게 되면……."

"불안해지게 되는 건가?"

"음……."

"저기, 그건—."

아코가 살짝 손을 들었다.

"출입 자유인 필드 사냥팟에서, 줄곧 모집하던 사람이 빠져나간 것 같은 느낌으로 위험한 건가요?"

알 것 같기도 하고 모를 것 같기도 한 예시가 나왔다!

"억지로 온라인 게임에 비유하지 않아도 되지 않을까?"

"아니, 감각으로서는 비슷하군."

마스터가 무겁게 끄덕였다.

"그런 경우 아무도 모집을 하지 않게 되어, 구심점이 빠져나간 지 5분 만에 자연 해산, 이라는 패턴도 적지 않을 거다. 나도 그런 염려를 갖고 있지."

"지금 부회장은 2학년이잖아? 그렇게 미덥지 못한 거야?"

"미덥지 못하다기보다는, 믿음직한 모습을 본 적이 없다고 해야겠군."

마스터가 선두에 서서 열심히 하고 있으면 그런 느낌이 들지도 모르겠다.

자기가 입학했을 때부터 회장을 맡은 사람이 있으니까, 의지하는 건 어쩔 수 없다고 생각하고 말이지.

"하지만 다들 나쁜 사람은 아니지?"

"물론이지. 실무 능력도 있다. 하지만 그건 리더의 자질과 반드시 일치하지는 않아."

"흐음~."

"큰일이네."

"사랑하는 모교를 맡기기에 적합한 사람은 좀처럼 없는 법이다."

마스터는 문득 먼 곳을 보며 미소를 지었다.

하는 말은 멋있게 들리긴 하는데…….

"마스터. 아직 졸업 전인데, 짜증나는 OB처럼 되지 않았어?"

아, 나 대신 세가와가 말해 버렸다.

"짜증난……다고……?!"

마스터가 쇼크를 받고 있지만, 실제로 그랬다.

그런 것까지 걱정할 필요는 없다고 생각하는데?

후배에게 맡겨 버리면 되잖아.

"알지, 알아."

"조금 귀찮은 느낌이 드네요."

"너희들까지?! 나는 그저 진지하게 이 학교의 미래를 염려해서—!"

"쿄우 선배가 진지한 건 알겠으니까!"

아키야마가 진정해, 진정해~ 라며 타일렀다.

마스터는 못 말리겠다는 듯이 어깨를 으쓱했다.

"나로서는, 차라리 이 부의 누군가가 입후보해 준다면 안심하고 은퇴할 수 있다만."

"안 나가."

"안 나갈 거야."

"안 나가요."

나, 세가와, 아코가 목소리를 모았다.

"너희야 그렇겠지."

마스터는 쓴웃음을 지은 뒤―.

"하지만……."

뭔가 고민하면서, 아키야마를 빤히 바라봤다.

"……응?"

왜 그러는 거지? 라고 묻기도 전에 세가와가 화제를 바꾸려는 듯이 말했다.

"그보다도 게임하자. 게임할 시간이 없어지잖아."

"음. 그랬었지."

그 말에 마스터도 자리에 앉았다.

이걸로 겨우 부활동 개시로군.

"하지만 오늘은 점검이었을 텐데…… 서버는 열린 거냐?"

"방금 열렸어~."

"업뎃 쪽은……."

"우리하고 관련 있는 건 없음."

"정기적으로 추가되는 레이드 보스는 늘었지만, 그 정도네."

"아쉽네요."

운영진도 한계가 있을 테니까, 그렇게 이것저것 마구 추가

할 수는 없겠지.

특히 지금은 봄 이벤트와 여름 이벤트 사이의 시기다.

"온라인 게임 이벤트가 적은 시기네."

"현실 이벤트도 적은 시기라는 뜻이다. 그렇기에 선거 같은 것에 시간을 할애할 수 있는 거지."

"그럼 나나코의 레벨을 올릴까?"

"노려라 100세!"

"레벨을 나이처럼 말하지 말아줘. 조금 무섭잖아."

"슈바인 할아버지네요."

"너는 할머니잖아."

평소와 변함없는 부활동이 시작됐다.

††† ††† †††

"그럼, 우리는 먼저 돌아갈게."

"쿄우 선배는 아직 안 돌아갈 거야?"

가방을 든 세가와와 아키야마가 시선을 돌리자, 마스터가 고개를 내저었다.

"다른 건으로 조금 작업이 남아있어서 말이다. 먼저 돌아가라."

"열심히 하네. 무리하지 말라고."

"다들, 내일 봐~."

세가와와 아키야마가 부실을 나갔다.

부활동 종료를 알린 종은 벌써 울렸기에, 평소였다면 나와 아코도 가장 먼저 돌아갔을 타이밍이다.

그런데 왜 아직 남아 있느냐 하면—.

"아코, 끝났어?"

"조금만 더 기다려주세요."

아코가 어떤 홈페이지를 열어서 뭔가 메모를 하고 있기 때문이다.

하이테크 기계로 아날로그 같은 짓을 한다니까.

"무슨 페이지를 보는 거야? 어어, 프로 파티시에에게 배우는, 과자 만들기 성공 요령……?"

아코, 뭔가 만들고 싶은 과자라도 있는 건가?

"그냥 페이지 이름만으로도 성공률이 올라갈 것 같아요."

"편리한 특수장비 같네."

현실에서도 그리 간단히 된다면 좋을 테지만.

그보다 그 페이지, 집에서 조사하거나 휴대전화로 보면 안 돼?

"으음, 으음."

아코는 마지막으로 무슨 둥근 캐릭터 그림을 그렸다.

"끝났어요!"

"그럼 돌아갈까?"

돌아가도 온라인 게임을 할 뿐이지만.

마스터 쪽을 보자, 키보드를 치며 뭔가 작업을 이어가고 있었다.

학생회 일인가. 바빠 보이는데 방해했다면 왠지 미안하네.

"우리도 돌아갈게."

"마스터, 내일 봐요."

손을 흔들며 돌아가려는 우리에게 마스터가 고개를 들며 말했다.

"두 사람, 잠깐 기다려라. 조금 시간을 내줄 수 있겠나?"

"흐엥?"

"마스터, 무슨 일 있어?"

마스터는 자리에서 일어나 나와 아코를 똑바로 바라보고는 진지한 표정으로 입을 열었다.

"실은 두 사람에게 상담할 게 있어서 말이다."

"상담이라……."

"어째서 아무런 말도 하지 않은 단계인데 뒷걸음치는 거냐. 두 사람."

그치만 마스터가 이렇게 진지하게 상담 요청이라니, 바로 압박감이 느껴진다고.

"이상한 일이 아니면 상관없지만."

"분명 이상한 거라고 생각해요."

"하긴……."

"너희 둘은 나를 뭐라 생각하는 거냐."

"아니, 이건 역시 농담이지."

조금 긴장될 뿐이야.

"그래서, 뭔가요? 마스터."

우리가 바라보자, 마스터는 조금 자세를 고쳤다.

"실은 말이다."

마스터는 말을 고르듯이 천천히 이어나갔다.

"아직 검토 중이다만, 나는 다음 학생회장을, 세테로 삼으려고 생각하는 중이라 말이지."

"……."

"……저기……."

역시 묘한 소리를 꺼냈잖아.

"학생회장으로 삼는다니…… 무슨 뜻인가요?"

아코가 조심조심 묻자, 마스터는 의아하다는 듯이 대답했다.

"말 그대로의 의미다만. 이번 년도의 학생회장은 아키야마 나나코로 삼고 싶다."

"정말로 말 그대로인가요?!"

"음. 세테를 내 다음 학생회장으로 삼고 싶은 거다."

"학생회장으로 삼고 싶다는 말투가 왠지 재미있네."

"내 개인적 희망이라서 말이지."

어쩔 수 없지 않나, 라며 마스터가 팔짱을 꼈다.

어어, 마스터의 희망은 알겠지만, 그럼 그 이외 사람들은 어떻게 되는 거지?

"방금 말했던 입후보 예정인 학생회 사람은 어떻게 되는 건데? 그 사람으로는 안 돼?"

"나쁘다는 건 아니지만, 아무래도 패기가 없어서 말이지."

마스터는 살짝 한숨을 내쉬었다.

"차기 학생회장이 될 생각이 있었다면, 때때로 자신의 존재감을 드러내며 회장 선거의 포석을 세웠어야 하는 것 아니냐. 그런데 그는 내 뒤에서 얌전히 있기만 했지, 자신이라는 존재를 전혀 드러내려 하질 않았어. 사람을 이끌 자질이 보이지 않는 거다."

"흐음."

아코가 잘 모르겠습니다, 라는 듯이 맞장구를 쳤다.

나도 비슷한 마음입니다.

"물론, 후배를 육성하지 못한 내 실태라는 것도 틀림없겠지. 하지만 찬스는 충분히 줬을 거다. 그 찬스를 전혀 살리지 못한 인간이 위에 서야 하는가, 하는 의문이 남는군."

"왠지 마스터가 원하는 기준이 높아 보이는데……."

"찬스를 살리지 못하는 사람이라니, 저를 보는 것 같아서 남 일이 아닌데요."

"우리는 그런 타입이니까."

찬스일지도, 라고 생각해도 아무것도 하지 않은 채 넘어가 버리는 타입이다.

"그게 평범한 인간이다. 하지만 세테라면, 스스로 찬스를

만들어내고, 내가 상정한 것 이상의 성과를 내줄 것 같아서
말이지."

"그 마음은 이해하지만……."

"세테 씨니까요."

찬스를 살리지 못한다거나, 존재감을 보이지 않는다거나,
그런 것하고는 정반대에 해당하는 사람이니까.

"물론 본인이 내켜하지 않는다면 단념할 생각이다. 그래서
본인에게 말을 걸기 전에 의견을 묻고 싶어서 말이다."

"옳거니, 옳거니."

무슨 말인지는 알았다. 본격적으로 움직이기 전에 상담을
요청한 거구나.

부탁을 받은 것 같아 조금 기쁘다.

"근데 아키야마가 회장 같은 걸 할까?"

"마침 그런 이야기를 했었잖아요. 중학교 때도 학생회장이
었다고."

"호오~ 경험자였을 줄이야. 내 눈도 꽤 나쁘지 않군."

마스터가 기뻐하며 몸을 내밀었다.

"흥미 정도는 있어 보이는 느낌이긴 했는데……."

"아뇨아뇨, 내켜하고 있었어요!"

아앗, 또 아코가 멋대로!

"본인도 그리 싫지만은 않다면 말을 걸어볼까?"

이것 봐, 마스터도 내키는 마음이 들고 있잖아!

"상담해보는 편이 좋지 않을까?"

결국은 아키야마의 마음에 달렸으니까.

본인이 하고 싶다면 우리도 도와줄 거고.

"저는 세테 씨하고 잘 맞아서 괜찮다고 생각하는데요. 회장입니다! 라고 나서는 모습이 어울릴 것 같아요."

확실히 단상에서 인사하는 아키야마는 엄청 잘 어울릴 것 같지만……

"이쪽에서 밀어붙이는 것도 좀 아닌 것 같아."

"그 말이 맞다. 맞기는 하다만……."

마스터는 강한 의지가 담긴 목소리로 말했다.

"나는 세테가 뒤를 이어줬으면 좋겠다. 그러니, 제안을 해보려고 한다."

"아니, 응. 그 제안을 막을 생각은 없긴 하지만."

마스터는 동떨어진 관계인 상대한테는 세게 밀어붙이지만, 친구가 상대면 배려하게 되는 성격이다.

그런 마스터치고는 꽤 억지로 밀어붙이는 느낌인데?

"이번에는 왠지 강하게 나오네. 마스터."

"친구에게는 좀 더 똑바로 마주하자고, 언제나 세테가 그러지 않았나. 그렇다면 할 수밖에 없겠지!"

"그런 거야?!"

아키야마의 자업자득이었다.

"아키야마를 회장으로, 라……."

"회장, 하면 마스터라서, 그다지 현실감이 없네요."

둘이서 돌아가는 길.

화제는 역시 방금 그거다.

"마스터도 2년이나 회장이었으니까, 나중 일이 신경 쓰이기는 하겠죠."

"그래서 친구에게 맡기고 싶은 걸까……."

존재감이라든가 지시를 기다리기만 한다든가 그런 것보다는, 훨씬 있을 법한 이유였다.

"부회장이 딱하네요."

"확실히 인상은 흐릿하긴 하지만."

솔직히 어떤 사람인지 기억이 안 난다. 같은 학년일 텐데.

"마스터의 인상이 너무 강해서 그런 게 아닐까요?"

"인상의 강도로는 세테 씨도 지지 않는다고."

그런 의미로 보면 뒤를 잇기에 딱 좋다.

"루시안, 루시안."

아코는 나를 올려다보고 고개를 조금 갸웃했다.

"루시안은 학생회에 참가해본 적 있나요?"

"있을 리가 없잖아."

"그렇긴 하죠~."

그런 데는 내게 어울리지 않아.

"아코는 있어?"

"없어요, 없어요."

"하긴."

나와 아코가 그런 일을 할 타입일 리가 없나.

"그럼 이번 기회에 아코도 입후보해 볼래?"

"저는 괜찮으니까, 루시안이 입후보해 봐요."

서로 떠밀고 있잖아.

"그럼 반대로 전원이 회장에 입후보한다든가?"

"뜨거운 선거전이 되겠네요!"

"하지만 동료끼리 각축전을 벌이게 되잖아."

"그럼 세테 씨가 회장이고, 슈가 부회장, 루시안이 회계고 제가 서기면 어떨까요?"

"그거 완전 끼리끼리 인사 아니냐?"

학생회실에서 온라인 게임을 할 것 같다.

"제 공약은, 남녀교제, 특히 결혼을 추천할 거예요!"

"오히려 어그로를 모을 것 같은데."

입학 전의 나였다면 분노가 폭발하지 않을까.

"루시안은 어떤 공약을 할 건데요?"

"……목숨을 소중히?"

"공약이 아니라 작전이잖아요?!"

"그치만 딱히 바라는 학교의 모습 같은 건 없다고!"

다들 목숨을 소중히, 방어 중심으로 가자.

다치지 않게 말이지.

"그래도 루시안의 이미지는, 『목숨을 소중히』보다는 『제대로 해보자』같은데요."

"왜 또 그런 미묘하게 쓸모없는 작전을—."

"어디가요?! 공격도, 지원도, 회복도 밸런스가 좋고 확실하게 할 수 있는 완벽한 작전이잖아요! 저 이것밖에 쓰지 않거든요?!"

"『제대로 해보자』만으로는 이기지 못하는 보스도 있잖아!"

"그건 레벨이 부족하기 때문이에요."

"레벨로 밀어붙이는 거냐!"

롤플레잉의 플레이 스타일에 차이가 보이네!

하지만 조금 납득이 가기도 했다.

"아코 너, 그러니까 게임에서 하지 못하는 건 연습하지 않는구나."

"무리인 건 무리에요."

"열심히 해서 할 수 있게 되는 것도 즐겁잖아?"

이것저것 해왔었잖아.

레벨도 올렸고, 보스도 쓰러뜨렸고, 대인전도 했고.

"하지만 정말 무리인 것도 있으니까요. 예를 들어 선거라든가, 저로는 당선되지 않겠죠."

"그런가? 여자라는 것만으로도 은근히 이길 수 있을 것 같은데."

대항마가 지적인 꽃미남이라면 다르겠지만, 평범하게 귀여운 여자가 나오면 이길 수 있을 것 같은 이미지가 있다.

"어, 하지만 저라고요?"

"······하긴, 아코인가······ 아코니까 말이지······."

확실히 이 흘러넘치는 미덥지 못한 오라를 보면, 질 거라는 생각밖에 안 든다.

"아코한테는 중요한 역할을 맡기지 못할 것 같은 기분이 들어."

"가정에서는 아내라는 중책을 맡고 있는데요."

"그것도 짊어지지 못하고 있으니까."

"짊어지고 있는데요."

이야기가 맞물리지 않는군.

"뭐, 나도 평범하게 낙선하겠지."

주변에 널린 오타쿠 남자에게 학생회는 어렵습니다.

설령 당선되더라도 학생회 임원 같은 걸 할 수 있을 것 같지가 않다.

"그래도 세테 씨랑 슈는 당선될 것 같아요."

"아······ 그 두 사람은 믿음직한 분위기가 있으니까."

선거에 나와도 전혀 이상하지 않다. 당선될 것 같은 분위기가 있다.

"뭐랄까, 역시 사는 세계가 다르구나~ 라는 느낌이 든다니까요."

그렇게 말하는 아코의 목소리는 조금 가라앉은 것 같았다.

슬프다는 것하고는 조금 다르다. 체념이 들어간 음색이다.

"뭐, 그렇지. 세계가 다르다는 건 이해가 돼."

"루시안도 그렇게 생각하나요?"

내가 고개를 끄덕이자 아코가 의외라는 듯이 말했다.

그야 부정할 수가 없으니까.

"온라인 게임이 없었다면 공통 화제조차도 없다고 생각하고."

하지만 반대로 말하면―.

"그렇게, 사는 세계가 다른 사람들하고도 태연하게 어울릴 수 있는 게 온라인 게임의 좋은 점이니까. 오히려 럭키라고 생각해."

"……그러네요. 함께 게임을 하는 동안에는 동료니까요."

납득한 것 같지만, 아코도 내 쪽에서 보면 세계가 다른 사람인데 말이지.

그래도 이렇게 함께 걷고 있는 건 그 세계에서 만났기 때문이다.

"앗! 그럼 굉장히 높은 사람을 찾아서 친하게 지내면, 앞으로의 인생이 편해지지 않을까요!"

"나쁜 생각을 하지 맙시다."

정작 아코는 이런 말만 하고 있지만 말이지.

"다녀왔습니다~."

집에 돌아와 현관에 서서 가볍게 인사를 했다.

"어서 와~."

그러자 거실 쪽에서 대답이 돌아왔다.

신발을 벗고 안으로 들어가자 철퍼덕 누운 여동생이 노트북을 들여다보고 있었다.

"미즈키. 먼저 돌아온 거냐."

"응."

"부활동이 빨리 끝났던 모양이네."

"오늘은 미팅이었으니까."

"그럼 선물은 없는 건가……."

"그렇게 언제나, 항상 나오진 않아~."

미즈키가 조리부에서 뭔가 만든 날은 선물로 자주 그걸 가져오기도 한다.

조금 기대하고 있었는데, 오늘은 아무것도 없는 모양이다.

"그리고 오빠. 게임 채팅에서 내가 가지고 왔던 브라우니에 대해 말한 적 있어?"

"말한 것 같은데, 왜?"

"역시나. 아코 언니가 레시피를 물어봤어."

"진짜냐."

"응. 저도 루시안에게 맛있다는 말을 듣고 싶으니까요! 라면서."

왜 그런 부분에서 대항심을 불태우고 있는 걸까…….

"그런 것치고는 아직 먹지 못했는데 말이지."

바로 만들 수 있을 것 같은데, 라고 말하자 미즈키가 벌떡 일어났다.

"오빠. 요리와 과자 만들기는 달라. 간단해 보이지만 무척 어려워."

그리고는 나를 올려다보며 진지하게 말했다.

"그래?"

"그렇다니까."

"그럼 아코는 연습 중이라는 건가?"

그래서 아까 과자 만들기 페이지 같은 걸 보고 있었구나.

입으로는 무리인 건 무리라고 말하면서도, 이러니저러니 해도 노력해 보는 것이 아코의 좋은 점이다.

아니, 내가 관련된 것 한정인 느낌도 들지만, 그렇게 생각하면 잘난 척 같으니까 그만두자.

"근데 어느 부분이 어려운데?"

"요리는 먹을 수 있는 걸 이용해 만들지만, 과자는 가루랑 액체로 만드니까 대충 적당히 만들 수가 없어. 조금이라도 양이나 순서를 틀리면 먹을 수 없는 게 만들어져."

"아하, 그런 건가?"

"그런 거라니까. 과자 쪽이 난이도가 높답니다."

거기까지 말한 미즈키가 다시 데굴데굴 굴렀다.

"……내가 보기에는, 말이지만. 어디까지나 개인적인 감상입니다."

"그렇게 예방선을 쳐놓는 건 인터넷의 악영향이구나."

"프로 요리사한테 실례라고 생각합니다. 그냥 둬서는 먹을 수 없는 걸 쓰는 요리도 무척 많습니다. 정정하는 편이 좋아요, 라는 말을 들을 것 같은걸."

근데 집에서 하는 대화에는 반박 댓글이 달리지 않거든?

"애초에 미즈키 너, 그런 SNS 같은 거 하고 있었어?"

"잠긴 계정으로~."

"어떻게든 그 계정 찾아내서 시치미 뚝 뗀 얼굴로 팔로우 요청하고 싶네."

"승인할 테니까 그냥 말해줘."

"그럼 재미없잖아."

오빠의 험담 같은 걸 중얼거리고 있으면 재미있을 텐데.

그런 타입은 아니지만.

"아코, 브라우니가 잘 되면 먹여주려나……."

"그렇지 않을까?"

미즈키가 발을 파닥파닥 움직이며 말했다.

옷에 주름 잡힌다?

"아, 오빠, 오빠~."

"뭔데."

"오빠네 부활동에 학생회장 있잖아."

"있지."

오늘도 이상한 소리를 했었다고.

"그게 뭐 어쨌는데?"

"그 사람은 1학년 때부터 학생회장이었지?"

"응, 그렇지."

"그럼 1학년이라도 입후보할 수 있는 거야?"

"그렇긴 하지만…… 어? 미즈키, 회장 하고 싶어?"

그럴 경우, 아무리 그래도 아키야마보다는 미즈키를 응원할 텐데.

마스터&아키야마 VS 니시무라 남매라니, 꽤나 힘든 싸움이 될 것 같다.

그런 각오를 다지던 내게, 미즈키는 다행스럽게도 아니아니, 라고 당황하며 대답했다.

"안 해, 안 해~. 친구가 신경 쓰고 있으니까 물어봤을 뿐이야."

"흐응~."

그것 참 향상심 있는 1학년이네.

"1학년이라도 입후보할 수 있다면 응원할까 해서."

"그래, 괜찮지 않을까? 그 편이 더 흥겨워질 거고."

마스터의 학생회장으로서의 마지막 일이다.

결과가 뻔한 선거보다는, 학생들이 모두 함께 고민하는 선거가 되어 주는 편이 기쁘다.

"근데 학생회 선거에 그렇게 흥미가 있는 건가? 내가 1학년일 때는 완전히 남 일이었는데."

"나도 친구한테 듣지 않았으면 전혀 생각하지 않았을 거야."

"역시 그런가?"

"상관없는 일인걸."

그렇긴 하지. 나도 평소였다면 상관없는 문제였을 테고.

이번에도 상관없는 채로 끝나면 좋을 텐데 말이지.

방으로 돌아와 컴퓨터를 켜고, 울부짖는 팬이 진정될 즈음해서 게임 클라이언트를 기동했다.

부실 컴퓨터라면 여기까지 걸리는 시간이 30초 이하로 끝나는데 말이지.

나도 고성능 컴퓨터를 갖고 싶지만, 그걸 위해서 아르바이트하는 건 싫고…….

이런 생각을 하며 로그인했다.

◆루시안 : 안녀엉.

◆슈바인 : 오냐ㅋ

◆아코 : 안녕하세요ㅋㅋ

◆세테 : 얏호호.

◆애플리코트 : 잘 왔다.

다들 먼저 로그인해서 기다리고 있었다.

그리고, 왠지 흥겨워 보였다.

◆루시안 : 처음부터 폭소만발인 걸 보니, 채팅의 재미있는 부분을 놓쳐버린 건가.

◆슈바인 : 아니, 세테네 개가 뭘 어떻게 착각한 건지 손 내밀라고 하면 죽은 척을 하게 돼서, 그 영상을 다 같이 보고 있었을 뿐이야.

◆루시안 : 그거 엄청 보고 싶으니까 나중에 보내줘.

리얼 무땅에게 무슨 일이 있었던 건데?!

◆세테 : 조금 혼란에 빠진 것뿐이라고 생각하거든?!

◆아코 : 엄청 귀엽긴 하지만요ㅋ

◆슈바인 : 어째서?! 아니라니까?! 무땅! 손, 손이라고! 계속 해왔던 거잖아?! 라며 당황하는 세테도 귀엽고 말이지.

◆세테 : 어제까지는 됐었는걸!

앨리 캣츠는 오늘도 활기찼다.

◆루시안 : 그럼, 뭘 할까?

◆슈바인 : 세테의 렙업?

◆세테 : 에이~, 낮에 많이 해서 지쳤어.

◆애플리코트 : 지치기에는 너무 이른 것 아니냐.

그럼 달리 뭔가 할 게 있나…….

그때, 채팅창 한곳이 반짝반짝 계속 빛나고 있는 걸 깨달았다.

전체 채팅을 표시하도록 설정해둔 창이라 길드원 모집이라든가 파티 찾기 같은 것으로 자주 반응하긴 하지만, 그런 것치고는 오늘은 묘하게 활기차다.

열어서 확인해보니―.

◆마크롱 : 진(眞) 알 멤버 모집.

◆고래데블 : 신(新) 군마 견학 투어 아무나@10

◆청색 108호 : 진 알 참가희망 115HC

◆하라미로스 : 군마 현청 습격 자신 있는 사람 귓말 부탁.

◆니알라토텝 : 진 알 10시 개시 예정. 알 공략자 한정.

◆오늘의 추천 : 신 군마 아침까지 가능한 사람.

엄청난 숫자의 모집 채팅이 흐르고 있어!

◆루시안 : 전챗 봤는데, 뭐야, 이거? 진 알이라든가, 신 군마라는 모집.

◆애플리코트 : 마군(魔軍)의 심왕(深王) 알케쉬 딥 드래곤. 오늘 추가된 레이드 보스다. 마군의 왕 알케쉬 드래곤의 강화판으로, 깊은 알케쉬, 심(深) 알에서 변해서 진(眞) 알이라 불리고 있지.

◆루시안 : 아아, 그런 게 있었던가.

우리하고는 전혀 상관이 없어서 잊고 있었다.

레이드 같은 건 안 하고, 이야기를 듣기만 할 뿐이니까.

◆세테 : 왜 첫날에 약칭이 생긴 걸까?

◆슈바인 : 업뎃 예정 단계에서부터 벌써 줄여버리니까.

드문 일은 아닙니다.

◆세테 : 그럼 이 군마라는 건? 지명이야?

◆애플리코트 : 원래 보스였던 마군의 왕 알케쉬 드래곤이 너무나도 강해서 말이지. 이런 건 마군이 아니라 군마 아니냐는 말이 나와서, 애칭은 군마다.

◆세테 : 군마에 무슨 원한이라도 있는 거야?!

◆아코 : 그렇지는 않다고 생각하는데요.

오히려 사랑받는 거 아닐까?

◆슈바인 : 뭐, 군마도, 신 군마도 레이드니까, 우리하고는 상관없잖아.

◆세테 : 레이드라아아아아.

세테 씨가 그렇게 말하다가 잠시 침묵하고는—.

◆세테 : 애초에 레이드 보스가 뭔데?

물음표 마크를 머리 위에 떠올리며 물었다.

◆슈바인 : 아~, 레이드 보스라는 건 말이지.

◆아코 : 기다려주세요, 슈.

설명하려던 슈를 막은 아코가 세테 씨를 바라봤다.

◆아코 : 왠지 패턴으로 봐선, 레이드 보스에 대해 알고 있는데도 일단 물어보는 게 아닌가 하는 느낌이 들어요.

◆세테 : 윽?!

세테 씨가 움찔하며 가슴을 누르는 모션을 취했다.

아니, 나도 알려주려고 했는데, 설마…….

◆세테 : 세 파티 정도가 협력해서, 대인원으로 싸우는 보스지? 위키에도 적혀 있으니까, 모르는 건 아니지만…….

◆아코 : 역시나!

◆루시안 : 뭐야, 알고 있잖아.

1년이나 했으니까 모를 수는 없나.

모르는 척할 필요는 없을 텐데, 왜 그런 말을……?

◆세테 : 일단 내용은 알고 있지만, 왜 우리하고는 상관이 없나~ 라는 생각이 들어서. 다들 가보면 좋을 텐데.

◆루시안 : 그렇게 말해도 말이지…….

평범한 보스조차도 인연이 별로 없는데, 레이드는 조금…….

◆슈바인 : 레이드는 어려우니까~.

◆아코 : 그러고 보니 레이드라는 말은 무슨 뜻인가요?

◆애플리코트 : 강습, 습격, 그런 뜻이다.

◆아코 : 어? 대인원이나 그룹 같은 게 아니었나요?

◆루시안 : 아냐, 아냐.

레이드팟이라고 하면 다수의 파티가 모여서 만들어지니까 레이드라는 말 자체에 그룹 같은 이미지를 가지게 되지만, 실제로는 아니다.

◆아코 : 모두 함께 덮친다는 뜻인가요?

◆슈바인 : 뭐, 레이드 보스는 필드에 들어가면 바로 눈앞에 보스가 있는 형식이니까, 이미지는 맞지.

◆루시안 : 보스전 전용 공간에서 보스와 싸우니까.

◆세테 : 으음, 단순하게 즐거워 보이는데? 해보자!

아니아니! 그렇게 단순하지 않거든?!

◆슈바인 : LA의 레이드는 8인팟이 세 개 모여 스물네 명이 필요하거든? 어떻게 갈 건데?

◆세테 : 스물네 명?! 한 학급이나 필요해?!

앨리 캣츠 전원을 합쳐도 여섯 명밖에 없는데 어떻게 참가하느냐는 이야기다.

◆세테 : 우리 반 전원을 꼬드기면 갈 수 있을지도…….

◆아코 : 무서운 말은 하지 말아주세요.

◆슈바인 : 하지 말라고. 절대로.

◆세테 : 아무리 그래도 이건 농담이지~.

◆애플리코트 : 아무튼 우리가 참가하기는 힘들다는 뜻이다.

그러니 상관이 없단 말이지.

혼자서 솔로로 가는 것도 시간이 드니까, 친목 길드인 앨리 캣츠는 가려고 하지 않고.

정기적으로 추가되는 걸 보면서 흐~응 하고 생각할 뿐인 보스가 되어버렸다.

◆애플리코트 : 하지만 이렇게나 인기가 많다면 이용하지 않을 수는 없겠군.

◆루시안 : 그 소리는?

◆애플리코트 : 레이드 보스라면 난관 보스가 많지만, 조금 전에도 말했듯이 알케쉬 드래곤은 특히 난이도가 높다. 우정

파괴 레이드, 길드 해산 보스로서도 이름이 높지.

　◆아코 : 엄청난 별명이네요.

　◆애플리코트 : 수많은 길드, 레이드팟을 붕괴로 이끈 레이드 보스니까.

　◆슈바인 : 친구가 있던 길드도 군마에서 해산했다고 들었어.

　◆루시안 : 군마에서 길드가 해산했다니, 왠지 다른 의미로 들리는데?

　◆세테 : 군마 불쌍해.

　이상한 약칭은 온라인 게임에서는 자주 있는 일입니다.

　◆아코 : 어떤 보스인가요?

　◆슈바인 : 전원이 정해진 것을 정해진 대로 하지 않으면 즉시 반파, 게다가 반파된 뒤에도 미묘하게 재정비할 수 있을 것 같으면서도 재정비하지 못한 채 슬금슬금 전멸해버려서 쓸데없이 시간이 걸리고 더더욱 엄청나게 실랑이를 벌이게 되는 무서운 적이라고 하더라.

　◆애플리코트 : 이번에는 그 강화판이라고 하더군.

　◆루시안 : 상상도 하고 싶지 않네.

　색상이 다른 단순한 추가 보스겠지만, 그 내용은 절대로 간단하지 않잖아.

　◆애플리코트 : 그렇다면, 이번에 도전하는 플레이어들은 회복 아이템이나 버프 아이템을 마구 쓰지 않을 수 없는 게 아닐까?

◆아코 : 그렇겠네요.

◆슈바인 : 그럼 소모품의 가격이 올라간……다는 거네. 확실히 비즈니스 찬스의 냄새가 나는걸?

레벨이 올라서 전직도 했으니, 갖고 싶은 장비가 무척 많다.

돈은 아무리 많아도 곤란하지 않다고.

◆애플리코트 : 경매장 보드를 보건대, 이미 사재기가 벌어지고 있더군. 아마 지금이라면 마음껏 팔아치울 수 있을 거다.

◆세테 : 그럼 가지러 갈 수밖에 없네!

◆아코 : 뭘 가지러 갈까요? 화이트 엘릭서의 소재인가요?

◆애플리코트 : 아니…… 여기서는 크게 이그물을 노리지 않겠나?

◆슈바인 : 어차피 노린다면 거물이지!

◆루시안 : 오케이, 오케이. 준비하고 올게.

◆아코 : 게이트 등록하고 올게요.

회복 아이템으로 한탕 버는 작전이 시작됐다.

업데이트 자체하고는 상관없지만, 이렇게 즐기는 것도 나쁘진 않겠지.

◆슈바인 : 대어야 대어!

◆세테 : 대어라니, 다섯 개밖에 안 나왔는데?

◆루시안 : 이그물 같은 건 다섯 개나 나오면 충분해.

하나라도 그럭저럭 값이 나가니까, 꽤 많이 번 셈이다.

이걸로 갖고 싶었던 마법방어 특화 방패에 손이 닿을지도…… 홋홋홋.

◆세테 : 똑같은 효과의 과금 포션을 홍수처럼 쓰는 사람이 저기에—.

◆슈바인 : 그 말은 하지 마.

◆루시안 : 저것도 뽑기에서는 꽝 중의 당첨 수준이란 말이지.

◆아코 : 드물게 자주 나온다는 식의 말투네요.

◆애플리코트 : 나로서는 컴플리트할 까지는 전부 꽝이다만.

◆루시안 : 한 바퀴 돌아서 멋있게 보였어.

◆슈바인 : 정신 차려. 착각이야.

채팅을 하면서 아지트인 술집으로 돌아왔다.

나머지는 이 이그물을 팔아서…… 어라?

평소였다면 NPC밖에 없는 가게 안에 우리 말고 다른 캐릭터가 있네?

◆†검은 마술사† : 앨리 캣츠는 이쪽에서 데려갈 거다. 포기해줬으면 좋겠어.

◆바츠 : 너희는 길드끼리 하면 되잖아. 길원이 남아돌 거 아냐?

◆†검은 마술사† : 오히려 너희와 간다고 해도 남은 팟 하나를 모을 수 없을 텐데? 그쪽은 애초부터 권유가 성립되지 않잖아.

◆바츠 : 그쪽도 마찬가지잖아, 대충 친구라도 부르라고.

◆†검은 마술사† : 친구? 아무도 없으니까 이렇게 권유하러 온 거잖아.

◆바츠 : 다음 공성 때 너희 성, 발전도 제로로 만들어버린다?

◆†검은 마술사† : 그거 재미있군. 쫓겨날 때마다 진심이 아니었다며 투덜대던데, 겨우 의욕이 생긴 거냐?

◆바츠 : 우리가 공격할 때마다 적자가 되어서 길원에게 사과하는 마스터가 태도 한번 거창하신데?

아아, 이제 완전 익숙해진 두 사람이다.

딱히 있더라도 놀라진 않지만, 왜 싸우고 있는 건데?

◆슈바인 : 이놈들아, 왜 남의 아지트에서 싸우고 있는 건데?

◆세테 : 자자자, 싸움은 그만~!

슈와 세테가 사이에 끼어들자 우리가 돌아온 걸 깨달은 모양이다.

두 사람은 저마다 우리를 돌아보며 살짝 손을 드는 모션을 취했다.

◆†검은 마술사† : 여어, 왔어?

◆바츠 : 늦잖아. 어디 갔었는데?

◆루시안 : 우리도 언제나 여기 있는 건 아니라고.

그런 것보다―

◆애플리코트 : 상황 설명을 요구하고 싶군.

◆바츠 : 그래, 군마 가자.

◆†검은 마술사† : 그 권유로 찾아온 거야.

뭔가 뭔지는 잘 모르겠지만 권유를 받았다.

◆슈바인 : 군마? 오프 모임이냐?

◆루시안 : 일부러 그런 위험한 곳에서 하는 의미가 뭔데?

◆바츠 : 그게 아냐ㅋ 진 알이라고ㅋ

아아, 그쪽인가.

◆아코 : 진 알이라니, 그…….

◆세테 : 방금 상관없다고 말했던, 그 보스네.

◆아코 : 우정파괴드래곤인가요!

적어도 띄어쓰기를 하자. 우정 파괴 드래곤이라고.

◆바츠 : 그래, 그거라고.

바츠가 어깨를 으쓱하며 말했다.

◆바츠 : 원래 군마도 심했는데, 신 군마는 진짜 엄청나더라고. 업뎃 직후부터 바로 도전 시작했는데, 저녁에 해산해 버렸어.

◆루시안 : 빠르네!

◆바츠 : 그런 바보들하고 해봐야 검증조차도 못하니까, 바로 돌아와 버렸어.

◆슈바인 : 해산이 아니라 네가 도망친 거잖아.

◆†검은 마술사† : 이런 인간이 레이드팟을 붕괴시키는 거겠지.

검은 마술사 씨는 왠지 어이없어하는 모습이다.

◆루시안 : 그런 검은 마술사 씨는 무슨 일인가요? TMW라면 길드끼리 도전하면 되지 않나요?

대규모 길드에다 지부까지 있는 TMW가 레이드 참가자에 부족함을 느낄 것 같지는 않았다.

◆애플리코트 : 그렇군. 뭔가 문제라도 일어난 거냐?

◆†검은 마술사† : 상대가 알케쉬라는 게 문제지.

그는 풀썩 어깨를 떨구는 모션을 취했다.

◆†검은 마술사† : 평소였다면 길드 안에서 두 개 정도의 레이드팟을 짜는데, 알케쉬에 트라우마가 있는지 적극적이지 않은 멤버가 많거든. 레이드팟 하나는 짰지만, 한 파티가 남아 버려서.

◆슈바인 : 폐인 길드의 멤버도 가려고 하지 않는 보스인 거냐고.

◆†검은 마술사† : 오히려 정보가 다 갖춰지면 간다는 그룹이지. 공략법을 스스로 만드는 쪽에는 들어가고 싶지 않은 것 같아.

◆애플리코트 : 지시를 기다리는 사람 때문에 곤란한 건 어디나 마찬가진가…….

아니, 학교 문제랑 온라인 게임 이야기는 엄청 다르다고 생각하거든?

◆세테 : 저기, 그럼 왜 길드 마스터가 남은 팟 쪽에 들어간 거야?

◆†검은 마술사† : 길마가 편한 쪽에 들어가서야 아무도 따라오지 않잖아?

◆아코 : 그렇군요.

자신이 메인 파티에 들어가고 길드원을 남은 파티에 보내지는 않는 건가……. 좋은 리더라니까.

◆바츠 : 잘난 척 하기는. 어차피 다툴 테니까 바깥에서 중재하는 쪽이 좋다는 속셈이잖아.

◆†검은 마술사† : 부정은 하지 않겠어.

모처럼 감동했는데. 그런 이유였냐?!

◆루시안 : 왠지 시커머네요.

◆아코 : 뱃속이 검은 마술사 씨네요.

◆†검은 마술사† : 그 호칭, 길드의 누구한테 들은 거야?

◆아코 : 길드에서도 그렇게 불리는 건가요?!

진짜 뱃속이 검은 마술사라고 불리는 거냐고?!

◆바츠 : 잘 따르고 있잖아ㅋㅋ

◆†검은 마술사† : 시끄러워, ×.[#3]

◆바츠 : 까는 게시글에서 나온 명칭으로 부르지 마.

◆슈바인 : 그쪽은 까이는 거냐.

게다가 「×」라고 불리는 건가.

◆바츠 : 이 서버의 까는 게시판, 공지의 탑은 ×라고!

가슴을 펴고 할 말이 아닌 것 같은데.

#3 × 일본어로 가위표를 「바츠(バッツ)」라고 한다.

◆바츠 : 그래서, 어느 쪽으로 올 건데?

◆루시안 : 아아, 그런 이야기였나…….

그렇다. 레이드 보스 공략 권유를 받았다.

하지만 말이지…… 레이드라니…….

◆애플리코트 : 애초에 레이드에 참가할지 말지에 대한 문제가 있군.

◆세테 : 에이, 하자~!

세테 씨는 내키는 모양이다.

하지만 아코 쪽은 어떨까?

◆아코 : …….

◆루시안 : 아코는 이런 거 싫어?

◆아코 : 아뇨, 그게…….

아코는 조심조심, 손을 살짝 들었다.

◆아코 : 실은 조금 흥미가 있어요.

◆루시안 : 어라? 그렇구나.

◆아코 : 조금이지만요.

이건 의외네.

보스 같은 건 힘들 것 같아요, 사람이 엄청 많은 건 무서워요, 라고 말할 줄 알았다.

솔직히 말하자면, 상관없다고 말하면서도 모집 채팅 같은 걸 볼 때마다 「레이드 즐거워 보이네~」라고 생각해오긴 했지.

◆루시안 : 솔직히 나도 흥미는 있는데.

◆세테 : 하자, 하자!

◆아코 : 해보고 싶어요.

◆애플리코트 : 흠, 세 명 찬성인가. 슈바인은 어떠냐?

◆슈바인 : 나는 딱히 상관없는데?

◆바츠 : 앙?

◆슈바인 : 이 몸은 딱히 상관없어.

말투를 고쳤어!

요즘은 기분 따라 마음대로 떠들고 있으니까, 남이 있으면 귀찮아진다고!

◆†검은 마술사† : 그럼 어느 쪽으로 갈 테냐?

◆바츠 : 이쪽하고 같이 가자고. 빡세게 단련해 줄 테니까.

◆†검은 마술사† : 우리하고 제대로 공략하는 편이 낫다고 생각하는데?

◆루시안 : 어느 쪽으로 할까…….

레이드는 세 파티가 하나니까, 어디로 가더라도 한 파티 부족하잖아.

게다가 솔로 사람들을 끌어 모으는 거, 솔직히 무섭고.

◆루시안 : 이 세 파티로 가면 되지 않아?

◆바츠 : 응?

◆†검은 마술사† : 뭐라고?

◆루시안 : 앨리 캣츠와, 발렌슈타인과, TMW 나머지 레이드팟.

◆슈바인 : 타당하구만.

◆애플리코트 : 그렇군.

◆바츠 : …….

◆†검은 마술사† : …….

두 사람 사이에 미묘한 침묵이 흘렀다.

상성이 좋은 듯도 하고 나쁜 듯도 한 두 사람이니, 어쩌면 결렬될지도—.

◆바츠 : 뭐, 대충 긁어모으는 것보다는 낫나.

◆†검은 마술사† : 대충 긁어모으는 것보다는 낫겠지.

◆루시안 : 거기서 타협이 성립하는구나…….

그런고로, 우리, 바츠 일행, 검은 마술사 씨 일행으로 세 파티가 완성됐다.

앨리 캣츠가 발목을 잡아끄는 것 말고는 무척 강해 보이는 레이드 파티네.

이 파티라면 우리도 클리어할 수 있지 않을까 싶을 정도다.

◆세테 : 어쩔 거야? 바로 도전?

◆바츠 : 레이드거든? 막 정해졌다고 전원이 바로 모이겠냐.

◆†검은 마술사† : 그래, 이쪽 멤버들도 각자 나가 있거든. 내일 밤, 시간을 정해서 만나도록 하자.

◆바츠 : 지각 엄금이라고.

정할 것을 정하자, 두 사람은 바로 돌아갔다.

으~음, 내일부터 레이드 도전인가.

◆루시안 : 갑자기 정해졌네.

◆슈바인 : 평범한 사냥이라면 갑자기 정해져서 갑자기 시작하니까, 내일이라는 예정이 나온 시점에서 편할 정도잖아.

◆루시안 : 그건 그럴지도.

온라인 게임에서 하는 일은 대부분 돌발적이니까, 예정을 세우는 쪽이 더 드물 정도다.

◆세테 : 게임인데 집합시간이니 지각이니, 왠지 귀찮네.

◆슈바인 : 그래서 붕괴하는 거 아냐?

◆세테 : 적은 몬스터만이 아니라는 거네.

◆아코 : 지각하지 않도록 알람 해놓을게요.

스물네 명이라면 시간 맞춰 모이는 것만으로도 고생일 테니까.

◆애플리코트 : 다른 길드가 조사한 적의 행동 패턴이나 공략법이 위키에 갱신되어 있다. 내일까지 훑어보도록 해라.

◆아코 : 예습까지 필요한 건가요?!

◆슈바인 : 일단 말해두는데, 복습도 필수야.

◆아코 : 레이드 보스 이제 싫어요!

◆루시안 : 아코도 하고 싶다고 했었잖아.

한 번도 도전하지 않고 도망칠 수는 없습니다.

◆애플리코트 : 하지만 한 가지 문제가 있다.

◆슈바인 : 응? 뭔데?

◆세테 : 맞아맞아. 이 길드로는 멤버가 부족하잖아.

들고 보니…….

나, 아코, 슈, 마스터, 세테 씨, 그리고 고양이공주 씨가 와준다면 여섯 명.

◆루시안 : 앞으로 두 사람이 부족한 건가?

으음, 길드원은 아니지만 마음을 터놓을 수 있는 상대가 필요한가…….

가장 가까이에 있는 건—.

의자에서 일어나서 똑똑, 벽을 노크했다.

똑똑, 대답이 나왔다. 좋아, 아직 일어나 있군.

◆루시안 : 한 명 권유해 볼 테니까 잠깐 기다려봐.

복도로 나와서 옆방에 말을 걸었다.

"미즈키~."

"뭔데~?"

방금 벽 노크로 오는 걸 알고 있었는지 바로 미즈키가 고개를 내밀었다.

"내일 잠깐 보스전에 어울려주지 않을래?"

"보스? 어디?"

"진 알."

"……싸움으로 번지지 않을까?"

진지하게 불안한 표정으로 물어보네.

미즈키도 우정 파괴 레이드라는 걸 아는 모양이다.

"우리는 그냥 즐기는 길드니까, 싸울 것 같으면 레이드 해산하는 걸로."

"응. 그럼 알았어."

"좋아, 오케이."

한 명 확보했다.

"내일 밤, 저녁 먹고 나서."

"네에~."

"그리고, 조리부에 일이 없으면 우리 부실에 얼굴 좀 내밀어줘."

"아직 다음에 뭘 만들지 정해지지 않았으니까 괜찮을 거라 생각해."

"갑자기 이야기해서 미안하네. 고맙다."

"아냐, 괜찮아."

갑작스러운 권유였는데 미즈키는 오히려 기분이 좋아진 것 같았다.

어쩐지 기합이 들어가서 몽크처럼 주먹을 휘두르며 내게 말했다.

"오빠랑 노는 것도 오랜만이니까."

"논다기보다는…… 뭐, 응. 그런가?"

옛날에는 둘이서 같이 휴대용 게임을 하기도 했는데, 지금은 그런 것도 없어졌으니까.

"그럼 내일~."

"알았어~."

저 대충대충 인사, 내 영향인 건 아니겠지?

아무튼 이걸로 한 명은 확보다.

방으로 돌아와서 컴퓨터 앞에 다시 앉았다.

◆루시안 : 한 명 잡아왔어. 몽크야.

◆슈바인 : 여동생이네.

◆아코 : 슈슈인가요.

다 들켰다.

◆애플리코트 : 그럼 앞으로 한 명인가…….

◆세테 : 친구 중에 누구 한 명 골라서 대충 말을 걸어도 될 텐데.

◆슈바인 : 우정 파괴 레이드라고 하니까, 그렇게 가볍게 부르기는 힘들어.

◆아코 : 그리고 그리 친하지 않은 사람이면, 슈가 채팅하기 귀찮을 테니까요.

◆슈바인 : 레이드챗이라면 몰라도, 파티챗 정도는 대충 말하는 편이 편할지도 모르겠구만.

당황하면 원래 모습이 나올지도 모르니 말이지.

그것도 평소였다면 제대로 롤 플레이를 하지만, 언제나 우리하고 같이 있으니까 깜빡 새어 나가는 거지 딱히 슈의 잘못인 것도 아니니까.

◆루시안 : 앞으로 한 명, 친밀하다고 할 수 있는 상대가…….

◆세테 : 짐작 가는 사람은 있네.

◆루시안 : 없지는 않지…….

††† ††† †††

"그렇게 됐는데, 오지 않을래?"

"……그런가요."

선배를 상대로 「이 녀석, 뭔 소리야」라는 표정을 태연하게 보이는 후배, 후타마 미캉.

미즈키에게 말을 걸어달라고 할 수도 있었지만, 타이밍 좋게 도서위원 당번이 돌아왔기에 직접 권유를 해봤다.

그리고 그에 대한 리액션이 이거다.

"선배."

후타바는 그다지 내키지 않는 듯한 목소리였다.

"뭔가 문제라도 있어?"

"저, 아직 레벨 50."

"레벨에 대해서라면— 아니, 그거 오히려 속도 빠르지 않아?"

"연습하고 있으니까, 멋대로 올라가서."

"아아…… 슈바인 씨는 강적이었지요……."

사실 후타바는 깨작깨작 부실로 와서 부원들에게 이기기 위해 싸우고 있다.

이미 아코, 슈바인, 세테에게는 승리를 거두기도 했다.

"그 사람은 레이스 게임을 못해요."

포와링 썰매 레이스에서는 대부분 최하위니까.

"그래도 아직 50이니까, 그렇게 강한 거랑, 못 싸워요."

"아니, 절대 괜찮다고는 말할 수 없지만, 어느 정도는 문제없어."

이 게임은 레이드 파티에 특수한 사양이 있다.

"레벨 밸런서라는 게 있어서, 레벨이 낮은 사람이 참가한 경우에는 보정 레벨의 하한 정도까지 능력치 보너스가 붙거든."

"강해져요?"

"일시적이긴 해도, 상당히. 그 대신 경험치는 늘지 않지만, 애초에 경험치도, 사망 페널티도 적용되지 않는 맵이니까."

말은 이렇게 했지만, 능력이 보정되더라도 스킬은 부족하고, 장비도 약하다.

"뭐, 딜링으로는 그다지 도움이 되지 않을지도 모르지만."

"게다가, 바로 죽을 것 같은데요."

"다른 사람보다는 잘 죽겠지."

전원이 강제로 대미지를 받는 공격도 있다.

스테이터스가 멋대로 밸런스에 맞춰 보정되니까, 딜링에 특화한 아처보다는 오래 살 수 있을지도 모르지만— 뭐, 죽을 거다.

"그럼, 왜 저한테?"

그런 상태임에도 후타바에게 권유한 이유는, 세가와의 채팅만이 이유인 게 아니다.

"이번 보스에서 중요한 건 딜링이 아니라 조작과 인간성이거든. 레벨이 높지만 못하는 사람보다, 해야 할 일을 확실하게 하는 사람을 원해."

"……."

"그러니까, 뭐, 잘 죽을 거고 딜로는 다른 사람보다 뒤떨어질지도 모르지만, 후타바가 와 준다면 무척 도움이 될 거야."

후타바는 둥근 안경 너머로 나를 빤히 바라봤다.

"띄워주는 거?"

그리고는 고개를 갸웃했다.

확실히 조금 띄워준 면은 있다. 있긴 하지만—

"띄워주지 않았다고는 하지 않겠지만, 이길 때까지 도전하는 후타바를 믿고 있는 것도 사실이야."

"……."

후우, 하고 작게 숨을 내쉰 후타바가 고개를 끄덕였다.

"할게요."

"좋았어."

이걸로 멤버가 갖춰졌군.

"그럼 오늘 방과 후, 부실로 와줘."

"……네."

아, 맞다.

"그리고 또 하나, 후타바를 권유한 이유가 있어."

"……뭔데요?"

"다들 조금 더 후타바와 놀고 싶다고 하니까."

"……쑥스럽네요."

"쑥스러운 것처럼 보이지는 않는데……."

변함없이 마이페이스인 후배였다.

"그런고로 데려왔다."

"미캉~!"

"타마키 선배. 안녕하세요."

"그거 한 번 더 말해주세요!"

"너, 후타바가 올 때마다 그러네."

이제 슬슬 익숙해지라고.

미즈키가 그런 두 사람을 복잡한 표정으로 바라봤다.

"나도 선배라고 부르는 편이 나을까……?"

"슈슈는 새언니라 불러주세요."

"싫어요, 아코 언니."

"곧바로 거절인가요?!"

그야 거절하겠지.

지금으로서는 자매가 될 요소가 전혀 없어.

그런 두 사람을 턱을 괴고 바라보던 세가와가 입을 열었다.

"너랑 여동생, 거절하는 방식이 똑같아서 진짜 남매라는 느낌이야."

"거기서 납득하지 말아줄래?"

"응응. 니시무라랑 미즈키, 외모도 꽤 닮았어."

"왠지 분위기도 비슷하고."

세가와와 아키야마가 포근한 분위기로 이야기했다.

쑥스러우니까 비교는 그만둬.

"저기, 처음 뵙겠습니다."

한편, 아키야마에게 다가간 미즈키가 고개를 꾸벅 숙였다.

"작년 크리스마스 때 만났는데?"

"에에엑?!"

미즈키가 눈을 깜빡였다.

"그때는 죄송합니다."

"나는 재미있었으니까 괜찮아~."

나와 아코는 터무니없는 일을 겪었지만.

"인사도 마쳤으니, 부활동을 시작하자."

마스터가 손뼉을 짝 치며 전원에게 말했다.

각자 자리에 앉자, 선생님이 천천히 화이트보드 앞으로 나왔다.

"이걸로 진 알에 도전할 멤버들이 모인 셈이네."

그리고는 부실에 모인 사람들을 돌아보며 무겁게 말했다.

"메인 탱커가 니시무라고, 서브 탱커가 니시무라 양, 메인 힐러가 나, 서브 힐러가 타마키, 딜러가 고쇼인, 세가와, 아키야마, 서브 딜러 겸 기믹 처리가 후타바겠네."

선생님이 출석을 부르듯이 확인했다.

그때 아코가 가슴에 손을 댔다.

"니시무라 양이라고 하니까 저 같아서 두근두근하네요."

"네 머리는 대체 어떻게 된 거야?"

"오빠, 내가 맞는 거지?"

맞아, 맞아.

니시무라 양이 미즈키 말고 있을 리가 있냐.

"서브 탱커라고는 해도, 난 그다지 못 버티는데?"

"서브니까 내가 위험할 때랑 잡몹 상대만 해준다면 충분해."

밸런스 직업인 몽크로 솔로 플레이를 하고 있는 미즈키는 같은 레벨대의 적이 상대라면 버틸 수 있다.

특수한 스킬을 쓰지 않으면 보스를 상대로는 조금 어려울 테니까, 어디까지나 서브다.

"밸런스로 봤을 때에는 그럭저럭이네."

"버프와 디버프에 불안감은 있지만, 대신 탱커 둘에 힐러 둘, 안정감은 있군."

"여차할 때는 무땅도 벽이 될 수 있어."

"그건 고기방패잖아."

귀여운 무땅을 희생양으로 삼는 건 그만두라고.

"그럼 다들, 각자 조사해왔다고 생각하지만, 다시 한 번 진 알에 대해서 예습을 해볼까!"

왠지 의욕에 찬 선생님이 펜을 쥐고 말했다.

"고양이공주 씨. 의욕적이네요."

"너희가 이런 콘텐츠에 흥미를 가져준 게 기쁘거든!"

"혼자 다른 파티에 끼어서 가시니까요."

가끔 고양이공주 씨만 현재 있는 곳이【불사조의 대미궁 최하층】같은 곳이라서 보고 있는 이쪽이 더 무서울 지경이다.

"어제 하루 동안의 정보밖에 나오지 않았으니까 아직 불확실하지만, 아무튼 알고 있는 범위 안에서 알케쉬 딥 드래곤, 통칭 진 알, 신 군마에 대해서 설명할게."

선생님은 현대국어 수업을 하는 것과 같은 톤으로 화이트보드에 펜을 끄적였다.

"진 알은 8인팟 세 개가 모여 스물네 명으로 도전하는 레이드야. 한 명을 커맨더로 할 수 있지만, 지금 정석에는 들어가지 않으니까 넘어갈게."

"커맨더가 뭔가요?"

"선생님이 넘어간다고 했으니까 넘어가자."

이상한 생각을 하다보면 설명에 따라가지 못하게 된다고.

"위치는 알케쉬의 소굴. 장애물이 없는 원형 공간이야. 타깃을 끊어내는 건 불가능하다고 생각하렴."

화이트보드에 빙글 커다란 원이 그려졌다.

"레이드 보스의 정석으로 메인팟과 서브팟 A, B로 나누게 될 테니까, 그것에 준거해서 현 시점에서의 공략법을 설명할게. HP 50퍼센트까지는 고정 패턴이니까 확실히 기억해둘 것."

M, A, B라는 작은 원이 그려졌다.

저기가 스타트 지점이겠지.

보스까지 가는 데 아무런 장애물이 없어서, 진짜로 싸우기 위한 공간이라는 느낌이다.

"그럼 흐름을 설명할게."

선생님은 우리를 돌아보면서 흐읍 하고 숨을 삼켰다.

"시작과 함께 메인 탱커가 진 알의 타깃을 따고, A가 좌, B가 우를 기본 배치로 해서 전투 개시. 첫 번째로 잡몹인 알케쉬 베이비가 두 마리 소환되니까 A와 B의 탱커가 각자 타깃을 따서 양쪽의 HP가 30퍼센트 이하가 될 때까지 공격해. 하지만 절대로 쓰러뜨리면 안 돼. 그 사이에 전체 석화인 페트라 웨이브가 세 번 오니까, 그때만 진 알에게 등을 돌려서 피해야 해. 사이사이에 범위 지정식 미니 미티어와 직선 무한 사거리의 카오스 레이가 오는데, 미티어만큼은 꼭 누군가가 맞아줘. 피하면 지면에 구멍이 뚫려서 이동범위가 좁아지고, 낙하할 위험도 늘어나니까. 반대로 카오스 레이는 맞으면 확실하게 전투 이탈이니까 반드시 피할 것. 페트라가 세 번 끝나면 전체 범위 초강력 대미지의 데미 저지먼트 영창이 시작되니까, 진 알 바로 뒤쪽까지 베이비를 끌어들이고 전원이 그 뒤로 회피, 베이비를 방패 삼아 버려. 여기서 HP가 30퍼센트 이상 남아있으면 베이비가 데미저를 흡수해서 데미 알케쉬로 변신해 큰일이 벌어지니까, 반드시 깎아둘 것. 데미저가 끝나면 메인 탱커에게 갓 다이버나 헬 다이버 중 하나가 날아와. 갓 다이버는 같이 맞아야 하고, 헬 다이버는 단독으로 맞아야 하니까 그에 대응해서 움직여 줘. 다이버가 끝나면 데미저로 죽은 베이비의 파편을 기준으로 일정 범위에서 폭발이 일어나는데, 그건 거의 랜덤이고 맵의 40퍼센트 정도를 덮으니까, 먼저 피할 곳을 생각해 두렴. 아, 메인 탱커는 그 자리에서 맞을 테니까 힐러는 가급적 진 알 근처에서 벗어나지 않도록—."

"잠깐만요 잠깐만요 잠깐만요!"

"설명이 빨라! 빠르다고!"

"처음부터 하나도 모르겠어!"

아아, 아코와 세가와, 미즈키의 눈이 빙글빙글 돌고 있어!

"조금 빨랐나? 데헷냴름."

"뭐가 데헷냴름이야?! 나이를 생각하라고."

"선생님은 이래 봬도 아직 젊다냐!"

젊든 나이를 먹었든, 「데헷냴름」은 좀 아니라고 생각합니다.

"그보다 그런 걸 평범하게 듣는다고 알 수 있을 리가 없잖아요! 다들 전혀 못 알아들었을 거라고요!"

그렇죠? 라며 아코가 주변을 향해 고개를 돌렸다.

그걸 무시하고—.

"메인팟 인원은 처음에는 베이비를 때리나요? 아니면 본체를 때려요?"

"……베이비, 죽지 않는 아슬아슬할 정도까지 깎나요? 30
퍼센트 정도에서 멈추나요?"

아키야마와 후타바에게서 질문이 나왔다.

"저거 봐, 아키야마랑 후타바는 이해한 모양인데?"

"거짓말이에요!"

이것 참, 우수한 신참이로군요.

"메인팟은 기본적으로 본체를 공격하면 돼. 하지만 물론
임기응변으로, 어느 쪽 베이비가 느리게 깎인다면 도와주
렴. 베이비의 HP는 30퍼센트 이하라면 얼마든지 깎아도 되
지만, 그보다는 딜을 본체에 돌리는 편이 효율적이겠지."

"네~."

"……네."

"아니아니아니! 왜 너희 둘은 이해한 표정인데?!"

"루시안! 전혀 모르겠어요!"

아아, 세가와와 아코가 울상을 짓고 있어.

그때, 태연한 얼굴로 듣고 있던 마스터가 이쪽을 바라봤다.

"오히려 루시안 넌 이해하는 거냐?"

"일단 예습을 했고, 올라온 영상도 봤으니까."

클리어 영상은 아직 없어서 최종까지는 알 수 없었지만.

"탱커는 은근히 편해 보이는 이미지였는데."

"그렇겠지. 알케쉬는 평범한 전투에서는 그다지 생각할 필
요가 없는 딜러들에게 제대로 된 지식을 요구하는 보스 같

더군. 그 때문에 붕괴하기 쉬운 거겠지."

"역시 그랬나? 탱커로서는 평소보다 기억하는 게 적을 정도야."

"평소에도 이것저것 기억하는 건가요?"

아코가 의아해하며 물었다.

젠장, 역시 다들 그런 인식인 건가!

"그야, 아코 너, 블랑슈 고대도시 던전에는 수수께끼 풀이 기믹이 꽤 있는데, 내용 다 기억해?"

"……아뇨, 전혀."

"그렇겠지! 선두에서 걷는 탱커가 전부 해주니까!"

던전의 수수께끼 풀이는 탱커가 한다는 암묵적인 양해가 있으니까 예습해서 내용을 익히는 건 언제나 하는 일이란 말이지!

"확실히 어느 던전에서도, 네가 수수께끼를 거의 다 풀어 버렸었네."

"수수께끼를 푸는 게 아니라, 해답을 기억하고 있을 뿐이지만."

공략 사이트대로 하기만 하면 되니까 반칙이긴 해도 말이지.

기억 게임은 익숙한 편이니까 나보다는 다른 사람들이 걱정된다.

페트라를 맞으면 돌이 되고, 숨는 데 실패하면 즉사하고, 단독으로 맞아야 하는데 다가갔다가는 즉사하고, 빔을 맞아도 안 되고…… 괜찮을까…….

"저기, 이제 첫 패턴의 루프 부분까지 설명한 건데, 여기까지 중에서 모르는 게 뭐니?"

"같이 맞는다는 게 뭔가요?"

"등을 돌린다는 건, 캐릭터의 방향인가요……?"

"그래그래. 그건 말이지—."

설명이 부활동 중에 끝날지 의심스러울 정도였다.

††† ††† †††

"저녁은 아직 조금 춥네요."

"그건 달라붙는 이유가 되지 못한다고 생각하는데?"

"따뜻해요~."

사람 말을 좀 들었으면 좋겠다. 그리고, 나는 조금 덥다.

돌아가는 길. 오늘도 아코가 내 팔에 달라붙은 상태로 통학로를 걷고 있다.

"아직 동복이니까 괜찮지만, 하복이 되면 위험하겠지. 이거."

"뭐가 위험한가요?"

"묻지 마. 부끄러우니까."

작년에도 아코가 달라붙은 적이 있었지만, 지금만큼 거리가 가깝지는 않았다고.

이 상태에서 얇은 옷이 되면 내가 버티지 못할 것 같다.

뭐랄까, 버티지 못한다 해도 그건 그것대로 괜찮지 않을까 하는 생각도 들지만, 그럼 아코에게 지는 것 같아서 왠지 분하다.

그런 내 갈등은 전혀 모른 채, 아코는 내 팔에 체중을 실으면서 올려다봤다.

"이제부터 도전이네요."

"애초에 전원이 다 모일지 불안하긴 한데……."

"인원이 많으니까요."

스물네 명이다. 지각 한두 명은 있을 것 같다.

"저, 레이드 보스는 가본 적이 없는데, 루시안은 있나요?"

"견학 정도라면 있지. 대인원이 모여서 그저 보스를 쓰러뜨릴 뿐이라는 게 알기 쉬워서 꽤 즐거웠어. 하지만……."

"하지만?"

"흠씬 두들겨 맞고 돌아왔어."

"하긴 그렇죠~."

아코는 곤란한 표정으로 고개를 끄덕였다.

"역시 강한가 보네요."

"강하다기보다는, 복잡해. 저쪽 파티가 기믹을 풀지 않으면 이쪽 파티가 당한다든가, 이쪽 파티가 대미지를 너무 줘서 저쪽 파티가 반동을 받는다든가, 모든 파티가 동시에 조작하지 않으면 함정이 해제되지 않는다거나 해서."

"듣기만 해도 가고 싶지 않아요."

평범한 던전에 비하면 레이드는 기억할 것과 생각할 것이 상당히 많다.

선생님의 설명으로도 3분의 1밖에 끝나지 않았을 정도니까.

"그래도 레이드를 하고 싶다고 생각한 거네. 관심이 있었던 거야?"

"관심 정도까지는 아닌데요."

"그럼 관심 없는 거야?"

"그런 것도 아니긴 하지만요."

그럼 뭐라는 거야.

"엔드 콘텐츠 계열은, 저희가 그다지 도전해본 적이 없잖아요."

"그렇지."

조금 해보다가 죽는 게 대부분이었다.

한때는 사람을 모아서 도전도 해봤지만, 결국 이기지 못하고 포기했었고.

"하지만 슬슬 레벨도 올랐으니까, 조금 정도는 해봐도 괜찮지 않을까 해서요."

"그렇군. 엔드 콘텐츠에 흥미가 생기기 시작한 거냐."

"네네."

고난도 콘텐츠를 할 생각이 들었다 이거군.

할 일이 없어져서 그런지, 아니면 자신감이 붙었기 때문인지는 모르겠지만.

아무튼 의욕이 생긴 것은 기쁜 일이다.

"근데 LA 최고의 엔드 콘텐츠는 1팟제 인던이잖아? 레이드 보스로 괜찮겠어?"

"그건 그렇지만요."

레전더리 에이지에서 최고 난이도, 그리고 최고 보수의 콘텐츠는 완전한 연계가 성립하는 하나의 파티로 도전하는 난관 던전이다.

대인원으로 와글와글 임하는 요소가 남아있는 레이드는 거기서 한두 단계 떨어진다.

그러니 도전한다면 그쪽이 낫지 않을까 싶은데…….

"느닷없이 가장 어려운 것에 도전하는 건 무서우니까, 레이드팟 정도가 딱 괜찮지 않을까 해서요."

"아아, 그렇구나."

"인원이 많으니까 조금 정도는 힘을 빼더라도 들키지 않을 것 같고요."

아코는 내 팔에서 손을 떼고는 손가락을 척 들며 말했다.

"그거 있잖아요, 합창 대회에서 입을 뻐끔거려도 들키지 않는 느낌."

그 예시는 이해가 간다.

하지만 유감스럽게도, 그건 틀렸어.

"아코, 레이드팟은 전원에게 솔로 파트가 있는 합창 대회 같은 거라고."

"뭔가요? 그 지옥은?!"

"타마키가 제대로 노래하지 않아요~!"

"그만둬 주세요! 제대로 부르는 지 확인하기 위해 한 명씩 노래를 시키는 건 안 된다고요!"

"그런 일이 있었던 거냐……."

"있었어요."

남자! 제대로 노래 불러~! 같은 일은 나한테도 있었지만, 한 명씩 노래를 시키다니 얼마나 진지했던 건데?!

"그 결과, 타마키는 부르지 않아도 된다며 입만 뻐끔뻐끔 하는 걸 허락받아서, 결국 입 뻐끔이었지만요."

"아코, 그렇게 노래 못 부르냐……."

"누구 앞이 아니라면 부를 수 있는데, 남들 앞에서는 목소리가 떨려서……."

"마음은 엄청 잘 알겠어."

아코에게 노래방을 권하는 건 그만두자고 생각했습니다.

"역시 군마도 불안해졌어요."

"하다보면 점점 좋아질 거라고."

"우우, 그래도 저, 평범한 사람보다 익숙해지는 게 느리잖아요."

부정하기는 조금 힘들지만.

"게다가, 세테 씨처럼 처음부터 왠지 모르게 할 수 있는 사람도 있잖아요."

"그야 있지."

요령이 좋은지 학습능력이 높은 건지는 모르겠지만, 기믹에 대해 조금 듣고 나서 바로 기억하는 사람, 꽤 있긴 하다.

"그러니까 그런 곳에 참가하면, 『아아, 나는 글러먹었구나』라고 생각하게 된다고요."

"오히려 간단히 할 수 있는 사람이 특이하다고 생각하는데…… 뭐, 그렇긴 한가?"

아코의 머리를 툭 두드렸다.

"천천히 익숙해지는 타입이라는 건 알고 있으니까, 천천히 연습하면 될 거야. 그걸 위한 친목 레이드니까."

"네. 이번에는 버리는 게임으로 치고, 천천히 횟수를 쌓아 나가고 싶어요."

"첫날을 버리지 말라고."

모두 귀중한 시간을 써서 와주는 거니까.

"……그러니까."

그때 갑자기 아코가 발을 멈췄다.

신발이 아스팔트에 스쳐서 약간 소리가 났다.

"왜 그래?"

"……"

아코는 나를 올려다보고는, 입술을 내밀며—

"우음~."

"그 연습은 안 해도 되거든?!"

"에엑~!"

유감스럽다는 듯이 말하지 말라고.

오늘 부활동은 여동생도 왔었으니까 나랑 같은 길로 돌아간단 말이야.

"우리 뒤에서 미즈키랑 후타바가 오고 있다고. 혹시 여동생한테 들키면 어쩔 거야."

"슈슈는 상식적인 고등학생이니까, 평범하게 키스 정도는 한다고 생각하지 않을까요?"

"가끔 정론을 말하지 말라고!"

나는 여동생한테 그런 걸 보여주고 싶지 않아!

†††　†††　†††

"자~ 그럼 해볼까?"

"오~."

저녁식사 후, 나는 컴퓨터 책상으로 향했다.

그리고 미즈키는 내 침대에 누워서 노트북을 바라봤다.

……왜 내 방에 있는 거지?

"딱히 내 방에서 할 필요는 없지 않아?"

"직접 물어볼 수 있으니까 편한걸."

"그야 채팅 치는 수고를 덜긴 하겠지만."

부실에서 하는 거나 다름없다.

"애초에 평소에는 솔플만 하고 있으니까, 갑자기 레이드 보스라고 해서 긴장하고 있거든?"

"진짜로?"

"진짜야~."

뭐든 손색없이 하는 여동생이라 딱히 문제없을 거라 생각했다.

제대로 지원해줘야겠네.

"그러니까 오빠 방에서 할 겁니다."

"그런 거라면 어쩔 수 없지."

"뭣하면 미캉도 부르고 싶을 정도야."

"내 방에서 모이지 맙시다."

"아코 언니도 부르지 그래?"

"그럴 경우엔 너희는 쫓겨날 걸?"

그리고 아마 게임할 상황이 아니게 될 거다.

"그러고 보니 미캉, 오빠 부활동에 오고 있지?"

"가끔 오고 있지."

"아직 입부하지 않았어?"

"나랑 마스터를 쓰러뜨리면 부원이 될지도 몰라."

드문드문 오고 있는 후타바는 이미 아코, 세테, 슈바인을 쓰러뜨렸다. 다음은 낚시 미니게임으로 마스터와 자웅을 겨룰 모양이다.

"선배는 최종보스예요, 라고 하던데?"

"오빠가 게임 조작을 제일 잘 해?"

"부원 중에서는, 아마도."

그저 가장 플레이 시간이 기니까, 가장 익숙할 뿐이지만.

확실하게 누구보다 뛰어난 건 숨은 보스인 고양이공주 씨지만, 후타바는 절대로 이기지 못할 테니까 가르쳐 주지 않을 거다.

"그럼 혹시 『승부다!』라고 나오면, 절대 일부러 져주면 안 돼. 미캉이 화낼 테니까."

"화내겠지……."

후타바에 대해서 그렇게 잘 이해하고 있다고는 할 수 없지만, 그런 성격이라고 생각한다.

"그래도 힘을 빼지 않으면 무조건 이겨버리니까~."

"오빠, 그거 엄청난 플래그인 게……."

"플래그 세워두면 평범하게 질 수도 있을 것 같아서."

지더라도 그건 그것대로 상관없고.

전원을 쓰러뜨리고, 게임을 못하지 않는 1학년으로서 입부해준다면 그건 그것대로 좋다.

후타바가 부와 게임에 익숙해질 동안에는 벽으로서 가로막아주려고 한다.

게임에 접속하자 여느 때의 술집에 많은 플레이어들이 모여 있었다.

"오오, 엄청난 숫자."

"만원이네."

평소였다면 우리밖에 쓰지 않는데, 지금은 북적거린다.

거의 모든 의자가 메워져 있어서 앉을 수가 없을 정도다.

그야 그런가, 스물네 명이나 모이는 거니까.

◆†검은 마술사† : 왔구나. 두 사람.

◆애플리코트 : 남은 건 아코인가.

마침 그때, 이펙트와 동시에 아코가 로그인했다.

◆아코 : 오래 기다리셨죠!

◆슈바인 : 그래, 아슬아슬하게 왔는데 준비는 괜찮냐?

◆아코 : 완벽해요!

아코는 평소의 지팡이를 들고 말했다.

아니, 기다려.

◆루시안 : 아코, 그런 장비로 괜찮겠어?

◆아코 : 괜찮아요. 문제없어요.

◆애플리코트 : 문제밖에 없다만.

그, 그렇지?

평소의 반짝반짝 지팡이는 물론이고, 방어구도 노 인첸트 노 강화, 아무튼 겉모습 중시로 만들었을 뿐인 홀리 클레릭 장비다.

친한 사람들끼리 사냥한다면 얼버무릴 수 있지만 레이드 보스에서는 무모해.

◆루시안 : 적어도 평소 방어구랑 제대로 된 지팡이 장비해.

◆아코 : 우우, 알았어요.

아코는 시무룩하게 창고로 갔다.

순순히 듣는 걸 보면, 본인도 조금은 「안 될지도~」라고 생각했던 모양이다.

아코가 평소 입는 장비로 돌아올 즈음…….

◆바츠 : 좋았어. 이걸로 시간 전에 모였네. 우수하잖아.

◆†검은 마술사† : 지각한 사람이 없어서 다행이네.

이걸로 전원인가. 발렌슈타인, TMW 안에는 모르는 사람도 있네.

—아니, 하지만 아는 사람이 꽤 많다.

◆루시안 : 클라우드 씨, 뭐하는 건가요?

고양이공주 친위대 사람도 평범하게 끼어 있잖아?!

◆†클라우드† : 바츠한테 불려 와서.

◆바츠 : 우리는 다섯 명밖에 없으니까 부족하잖아.

이제는 고양이공주 친위대인지 발렌슈타인인지 모르겠군.

◆루시안 : 선배도 있고.

◆디 : 안녀엉ㅋㅋㅋ TMW입니다~ㅋㅋㅋ

◆루시안 : 왜 TMW 같은 거대 길드에 있는 거냐고.

◆디 : 앨리 캣츠가 해산했을 때 주워 주더라고ㅋ

참 세상 편하게 살아가는 사람이네.

◆†검은 마술사† : 파티에 관해서는 이대로 가면 문제없나.

◆슈바인 : 아무튼 해보자고, 이제 못 기다리겠어.

검을 붕붕 휘두르고 있는 슈는 의욕이 넘쳤다.

근데 그 검, 옆 사람을 관통해서 민폐 같은데…….

◆고양이공주 : 이쪽 팟, 딜이 충분할까냐.

◆루시안 : 마스터와 슈가 각각 2인분 정도 내주면 미캉의 몫은 보충할 수 있겠죠.

◆미캉 : 가능한 한, 할게요.

그렇게 말하는 미캉의 활을 어디서 본 것 같은데……., 저거 분명 제한 레벨 60 아니었나? 레벨 또 오른 거야? 세테 씨보다도 훨씬 상승 속도가 빠르지 않아?

◆†검은 마술사† : 그럼 바로 가보도록 할까.

◆바츠 : 왜 네가 지휘하는 건데?

◆세테 : 사～이～좋～게～ 하～자～!

으, 으으음. 전도다난한 레이드가 될지도 모르겠어.

그렇게 다 같이 찾아온 곳은 알케쉬의 소굴.

높은 산 분화구 주변에 있는 데다, 근처에 나오는 몬스터가 꽤나 강한 것만으로도 이 레이드 보스의 어려움이 전해져 온다.

◆슈바인 : 수도 로드스톤에서 게이트로 5초.

◆루시안 : 여기가 군마 현청입니다.

◆디 : 역시 군마, 위험한 냄새가 나는데ㅋ

그 유명한 미개의 땅답다.

◆재수인간 : 재수인간 씨는 군마에 살고 있다만.

그런 농담을 했더니 군마 거주민이 파티에 있었다!

◆루시안 : 정말 미안.

◆재수인간 : 상관없지만ㅋ

장난도 조심해야겠어.

◆†검은 마술사† : 아직 편성은 굳어지지 않았지만, 우선은 우리가 메인팟, 앨리 캣츠가 A, 발렌슈타인이 B로 해볼까?

◆바츠 : 아직 잠정이잖아. 아무튼 해보자고.

◆세테 : 그럼 돌격~!

『알케쉬의 둥지에 돌입하시겠습니까?』라는 확인에 OK를 클릭했다.

짧은 로딩 뒤에 필드가 변했다.

분화구 중심에 둥그런 용의 둥지가 떠 있는, 최종보스전이라고 해도 통할 것 같은 맵이 그곳에 있었다.

◆아코 : 조, 좁네요.

◆루시안 : 평범한 전투 필드로서는 넓지만, 이 인원이면 좁게 느껴지네.

◆슈바인 : 동그란 소굴 밑은 용암이네…….

◆세테 : 떨어질 것 같아.

◆애플리코트 : 떨어지면 즉사다. 조심하도록.

◆세테 : 떨어져?! 보이지 않는 벽 같은 거 없어?!

레이드 보스는 다정하지 않다.

◆†검은 마술사† : 자, 전투 개시다.

자킹~ 하는 효과음과 함께 『START』라는 큰 글자가 떴다.

알케쉬 딥 드래곤이 천천히 일어났다.

"큰일 났다. 긴장되는데?"

"오빠는 정신 똑바로 차려!"

"아무튼 오른쪽의 타깃을 따면 되는 거지?"

알을 깨고 나온 베이비에게 샤우트를 넣었다.

전방 범위 기술이 있으니까 적이 동료에게 등을 돌리도록 나는 맵 바깥쪽으로 이동했다.

"쓰러뜨리면 안 된다는 건, 아수라 넣으면 안 되는 거야?"

"임기응변으로, 깎는 속도가 부족하다 싶으면 써도 괜찮을 거야."

"네~."

슈슈의 콤보수가 늘어나는 것을 보면서 적의 공격을 막았다.

못 보던 공격이 많아서 꽤 많이 맞았지만, 힐러가 두 명 있으니까 오히려 회복량이 남아돌 정도다.

이게 어디까지 이어질지는 모르겠지만.

▶알케쉬의 눈동자가 요사하게 빛난다!◀

오, 뭔가 메시지가—?!

그것과 동시에 잿빛 파도 같은 것이 바닥을 쓸고 지나갔다.

"이거, 페트라 웨이브라는 거 아냐?"

"어?"

◆아코 : 앗!

◆슈바인 : 어라?

◆애플리코트 : 윽―.

◆세테 : 어라?

◆슈슈 : 죄송합니다～.

◆고양이공주 : 냐아아아아아앗! 다들 돌이 돼 버렸다냐아아아아아!

우와아아, 앨리 캣츠의 대부분이 돌로 변했다!

◆슈바인 : 이야～, 때리지 않는 적의 스킬은 보질 못한다니까.

◆애플리코트 : 하하하하하, 처음부터 헛발을 디뎠구나.

◆아코 : 해제해 주세요～.

◆고양이공주 : 석화 해제는 영창이 길다냐!

고양이공주 씨가 황급히 석화 해제를 시작했다. 그 사이에 혼자 버티는 거 꽤 힘든데?!

"미즈키, 지원…… 못하네."

"미안, 돌이 돼 버렸는걸."

하긴 그렇지.

◆바츠 : 그쪽에 간 미티어 누가 좀 맞아라! 벌써 구멍이 뚫렸다고!

진짜다, 큰 구멍이 뚫려 있어!

평소였다면 대미지 범위 표시는 피하는 거니까, 몸으로 막아야 하는 미니 미티어를 다들 피하고 있잖아!

◆루시안 : 나는 베이비의 히트 스톱 탓에 못 가!

누가 좀 맞아줘! 더 이상 구멍이 뚫리면 위험해!

근데 아무리 떠들어도 다들 돌이잖아!

◆미캉 : 아파요.

◆루시안 : 후타, 가 아니라 미캉!

잘 했어, 근데 죽어가고 있잖아!

바닥에 구멍이 뚫리는 대신, 미티어를 맞은 미캉이 일격에 반죽음 상태가 되었어!

게다가 미캉은 두 번째 미티어 예고 마커로 달려갔다.

◆미캉 : 한 번 더 할 수 있어요.

저 녀석 죽을 셈이야!

뭐야, 얘 믿음직해! 기믹 처리에 엄청 전력이야!

◆바츠 : 야, 그쪽 베이비 전혀 깎이지 않았잖아!

◆루시안 : 보고 있으면 좀 도와줘!

◆고양이공주 : 좋아, 석화 나왔다냐.

◆아코 : 지금 이때!

▶알케쉬의 눈이 요사하게 빛난다!◀

◆아코 : 앗, 아앗! 또 돌로!

◆세테 : 두 번째로 또 돌이 돼 버렸어!

석화가 해제된 순간 다시 석화의 파도를 맞아서 아코가

또 돌로……!

◆아코 : 아아아아아, 저희 쪽으로 빔이 날아오려고 해요! 못 움직여요!

◆세테 : 미안해~.

◆루시안 : 아코! 세테 씨~!

카오스 레이의 사선에 들어간 석화 아코와 세테 씨가 빔의 직격을 맞았다.

두 사람은 대미지와 함께 큰 넉백을 맞아 날아가 버렸다.

◆아코 : 아, 하지만 죽어서 되살아나면, 상태 이상도 낫지 않나요?

◆슈바인 : 과연, 소생 마법은 곧 상태 이상 해제 마법이다 이론이네.

◆고양이공주 : 안 된다냥. 빔에 맞고 날아가서 필드에서 떨어진다냥.

◆아코 : 아아아아앗, 용암 속에서 죽었어요!

◆세테 : 떨어지면 정말로 복귀 불가능이네.

◆디 : 흥겨워지고 있는뎁쇼ㅋ

◆바츠 : 야, 제대로 하라고.

◆슈바인 : 그러는 네놈도 돌이잖아.

◆바츠 : 너무 공격만 했어ㅋ

▶알케쉬의 눈동자가 요사하게 빛난다!◀

다시 잿빛 파도가 퍼져서 몇 명이 돌이 되었다.

아니, 나도 돌이잖아?!

◆루시안 : 큰일 났다. 방향 전환이 어긋났어!

◆슈바인 : 탱커가 돌이 되면 끝장이잖아ㅋ

◆루시안 : 정말 미안.

하지만 화면을 보니, 움직이는 캐릭터가 더 적다.

그런 석상투성이 필드에서 알케쉬가 천천히 날개를 펼쳤다.

▶마군의 왕이 심판을 내리려 하고 있다!◀

◆†검은 마술사† : 데미 저지먼트 영창이 시작됐어.

◆코로 : 전혀 깎지 못했지만 일단 데려갈까.

◆고라이오 : ㅇㅋ

기운찬 알케쉬 베이비가 유도되었다.

데미 저지먼트의 영창 종료와 함께 눈이 번쩍번쩍할 정도의 번개가 화면을 덮었다.

◆코로 : 오, 성장했네.

◆고라이오 : ㅋ네.

번개를 흡수해서 성장한 알케쉬 베이비, 아니, 데미 알케쉬에게 휩쓸려서 남은 멤버들도 멋들어지게 바닥에 누워버렸다.

◆세테 : 자~, 작전 회의!

◆바츠 : 첫 번째 공격은 너덜너덜해질 레벨은 아니었다고.

◆†검은 마술사† : 첫 번째 데미저 정도는 돌파하고 싶군.

◆루시안 : 아직 제1단계니까.

익숙하지 않다는 것도 있겠지만, 이렇게 손도 발도 내밀지 못할 줄이야.

◆아코 : 이게 제1이라는 건, 몇 단계까지 있는 건가요?

◆애플리코트 : HP 50퍼센트까지가 제1단계, 50에서 10까지가 제2단계, 10에서 0까지가 최종 단계다.

◆아코 : 해산할까요.

◆루시안 : 포기가 빠르잖아!

아직 한 번밖에 도전하지 않았다고?!

◆†검은 마술사† : 일단 과제는 페트라야. 돌이 되어 버리면 대책이 없어. 그건 보고 나서 등을 돌리더라도 평범하게 피할 수 있을 테니까.

◆바츠 : 그야 본체를 두들기고 있는 TMW 님들이야 스킬을 쓰면 바로 알 수 있겠지만, 이쪽은 다른 적을 때리고 있단 말이지.

◆†검은 마술사† : 자칭 최강 길드가 한심한 변명이네?

◆세테 : 이제 막 시작됐는데 싸우지 말자.

"레이드는 처음부터 이렇게 험악한 분위기야?"

미즈키가 침대 위에서 고개를 돌렸다.

"평소에는 조금 더 말을 고를 거고 참기도 하니까 험악해질 때까지 시간이 걸리지만, 저쪽 두 사람은 봐 주는 것 없이 아무 말이나 다 하거든."

"두 사람 말고 다른 파티 사람들은 채팅을 별로 안 하네."

"음? 하고 있지 않을까?"

"하지만 거의 두 사람만 떠들고 있는데?"

"뭐, 레이드챗에서는 이야기하지 않을지도 모르지만."

"응?"

아아, 미즈키의 머리 위에 물음표 마크가 보이네.

솔로 플레이만 해서 모르는구나.

"레이드팟은 세 파티가 모인 합동팟이잖아? 그러니 파티 챗이 분리되어 있는 거야."

"어, 그럼 이쪽 파티챗도 들리지 않는 거야?"

그래. 그래서 슈가 멋대로 채팅을 할 수 있는 거라고.

"그러니 전용 레이드챗에서 말하지 않으면 들리지 않는 거야."

저 두 사람은 리더니까 보고라든가 상의를 하지만, 다른 사람도 나오면 오히려 채팅이 뒤죽박죽이 되어 버린다.

"게다가 우리는 길드 전원이 왔지만, 다른 쪽은 다른 길원들도 있을 테니까."

자신의 파티 채팅창을 보면서 길드 채팅창도 보고, 거기다 레이드 채팅까지 하는 건 귀찮겠지.

"이렇게나 인원이 많은데, 왠지 쓸쓸하네."

"하지만 자, 저쪽 TMW 사람들을 봐봐."

스킬을 날리고 바로 뒤를 돌아보고, 또 스킬을 날리고 바로 뒤를 돌아보는 움직임을 계속 반복하는 다섯 명 정도의 캐릭터가 보였다.

"다투는 동안에 자율적으로 연습을 하는 것 같아."

"아, 진짜다. 나도 해볼래."

슈슈도 그 모임에 참가해서 주먹을 휘두르고 뒤를 돌아보는 움직임을 함께 하기 시작했다.

◆루시안 : 감사의 정권지르기가 되었어……!

◆아코 : 즐거워 보이네요.

◆슈바인 : 나도 감사의 대검 하고 올게.

점점 사람이 늘어서 수상한 태극권처럼 되고 말았다.

"이 연대감은 레이드라는 느낌이 들지?"

"조금 즐거운데!"

여기 있는 전원이 같은 게임을 하는 녀석들이니까, 모이면 즐거운 게 당연하다고.

◆애플리코트 : 그럼 우선, 설령 딜이 부족해지더라도 생존을 우선시하면서 한 번 해보는 게 어떠냐.

◆바츠 : 좋아. 처음부터 전부 잘 풀릴 거라고 말하는 것보다는 타당하겠지.

◆†검은 마술사† : 그럼 다 깎지 못하더라도 전원 생존한 상태에서 데미저까지 가는 걸 노려볼까.

◆바츠 : 좋았어. 시험 삼아 담당 위치도 바꿔서, 우리가 본체 담당인 걸로.

오, 리더끼리의 상의가 끝났다.

슬슬 실전인가.

그런고로 리트라이.

이번에는 공격은 적당히 하고, 아무튼 확실하게 처리하는 것에 집중하기로 했는데…….

◆고양이공주 : 미티어! 미티어 안 맞아주면 안 된다냐!

◆세테 : 미안, 미티어 받으러 갔다가 돌이 되어 버렸어!

◆슈바인 : 잠깐잠깐잠깐! 이 카오스 레이 어딜 봐도 못 피하잖아!

◆슈슈 : 피했더니 돌이 되었습니다!

◆아코 : 새언니가 해제할게요!

◆슈슈 : 이대로 죽을래요.

◆아코 : 에에에에에엑?!

◆미캉 : 선배 탓.

◆아코 : 어째서인가요?!

한다고 무조건 되는 것도 아니니까, 꽤나 어렵단 말이지.

차라리 죽으면 가호의 자동 소생도 통하겠지만 석화에는 효과가 없고.

◆루시안 : 괜찮아?

◆애플리코트 : 아직 저번보다는 안정되어 있다!

슈가 낙하하고 슈슈가 돌이 되었지만, 다들 석화된 것보다는 낫긴 하네.

이대로 베이비를 깎아서…… 어라? 베이비가 많지 않아?

◆세테 : 베이비 한 마리가 이쪽으로 왔어.

◆루시안 : 어째서?!

이건 반대쪽 TMW가 처리하고 있었을 텐데— 앗~!

◆고라이오 : 미안.

TMW의 탱커가 죽었어!

그보다 저쪽 파티 다 전멸했잖아!

◆루시안 : 뭐하는 건가요!

◆†검은 마술사† : 그게, 힐러가 동시에 석화돼서.

◆꼬마 치유의 남자 특급L : 저질렀어~.

◆버섯의 콩가루 : 돌버섯입니다.

돌버섯이 뭔데?!

◆고양이공주 : 일단 이쪽에서 힐을 날리고 있었지만 역부족이었다냥.

◆루시안 : 두 마리는 끌고 있을 수 없다고!

그보다 벌써 데미저 오잖아!

▶마군의 왕이 심판을 내리려 하고 있다!◀

쿠와앙, 빠직빠직 하는 번개가 화면을 뒤덮었다.

"이거, 이길 것 같지가 않은데."

하지만 이렇게나 카오스라니, 이건 이것대로 웃음이 나와서 재미있네.

"오빠, 오빠."

"왜 그러냐, 동생아."

"이렇게까지 심각하니까 반대로 조금 즐거운 것 같아."

"넌 역시 내 동생이구나."

이상한 부분에서 확실히 닮았다니까.

하지만 전원이 우리처럼 즐거워할 거라고는 할 수 없단 말이지.

◆바츠 : 우리도 처음에 실수했으니까 잘난 척은 할 수 없지만, 전멸은 너무하잖아.

◆†검은 마술사† : 그쪽 힐러가 지원을 해줬다면 전멸은 당하지 않았을 것 같은데?

◆바츠 : 이쪽 탓으로 돌리는 건 아무리 그래도 좀 아니지ㅋ

◆†검은 마술사† : 물론 이쪽 책임이지만, 서로서로 지원해줬다면 클리어에 가까워졌을 거다. 실제로 앨리 캣츠의 고양이공주 씨는 이쪽에도 상당한 지원을 해줬으니까.

◆미즈카 : ^^;

◆바츠 : 처음 보는 레이드에서 다른 팟 지원까지 해줄 수 있는 힐러는 보통 없잖아.

◆†검은 마술사† : ……뭐, 그렇긴 하네.

◆바츠 : 그야 그렇지.

응, 그것에 관해서는 고양이공주 씨가 특수한 예시겠지.

저쪽 탱커가 죽은 건 나도 알아챘어야 했지만, 석화는 보기만 해서는 죽은 것처럼 보이지 않으니까, 힐러가 석화됐다는 건 보통 깨닫지 못할 거라 생각한다.

◆아코 : 고양이공주 씨, 다른 파티는 HP도 표시되지 않는데, 어떻게 지원을 할 수 있나요?

◆고양이공주 : 냐? 대미지는 화면에 나오고, HP 게이지는 캐릭터랑 마찬가지로 제대로 표시되어 있다냐.

◆아코 : 파티 멤버의 HP를 보면서, 멀리 있는 사람 위에 떠 있는 작은 HP 게이지도 보고 있다는 건가요?!

◆고양이공주 : 보려고 의식한다면 그리 어렵지 않다냐.

◆아코 : 아우아우아우~.

◆바츠 : 역시 저 녀석 우리 길드한테 주라.

◆루시안 : 우리 메인 힐러니까 포기해주세요.

그리고 그런 소리를 하면—.

◆†클라우드† : 사고를 빙자해서 둥지 끝으로 계속 떨어뜨린다?

◆바츠 : 계속 떨어뜨린다니 뭔데ㅋ 무섭잖아ㅋ

거봐, 친위대 사람이 화내잖아.

그런 소리를 하는 사이에도 작전회의는 이어졌다.

◆†검은 마술사† : 시작부터 자리 배치를 바꿔서, 디폴트로 딜러 전원이 본체에 등을 돌리고 있는 배치로 싸우는 건 어떨까?

◆코로 : 탱커가 돌이 되면 지옥.

◆바츠 : 그건 피하자고.

◆코로 : 오히려 딜러 측이 피해야 하잖아.

◆†검은 마술사† : 피하고 있으면 딜량이 떨어져. 물론 익숙해지면 어떻게든 될 거라 생각하지만.

◆고라이오 : 베이비는 랜덤 타깃 범위기가 많아. 딜러를 퍼뜨려서 배치하면 상당히 바깥쪽까지 데려가야 할 테니, 데미저 영창 중에 끌어들이지 못할 것 같은데.

◆바츠 : 아, 그게 있었나. 특히 메인 탱하고 거리가 벌어지니까 베이비를 바깥으로 끌어내면 위험한가.

◆†검은 마술사† : 범위 기술을 피하는 게 페트라를 피하는 것보다 편할지도 모르는데?

이것저것 의논을 나누고 있지만, 이렇게 되면 앨리 캣츠는 방관조다.

엔드 콘텐츠 경험 같은 건 없으니까.

◆아코 : 잘은 모르겠지만, 이것저것 의논하고 있네요.

◆슈바인 : 그러네.

◆루시안 : 잘 모르는 소리라고 하는데, 지금 무슨 의논을 하고 있다고 생각해?

◆아코 : 네? 으으음…….

내 물음에 아코는 조금 고민한 뒤 대답했다.

◆아코 : 등을 돌려야 석화되는 공격을 피할 수 있다면, 처음부터 전원 등을 돌리고 싸울 수는 없을까 하는 이야기 아닌가요?

◆루시안 : 오오, 제대로 알고 있잖아.

◆아코 : 정말이네요!

◆고양이공주 : 책상 위에서 설명하는 걸로는 모르더라도, 이렇게 실천해 본 뒤라면 알 수 있는 거다냐.

의논해가면서 도전하기를 열 번—.

▶마군의 왕이 심판을 내리려 하고 있다!◀

◆†검은 마술사† : 데미저 온다.

◆코로 : 유도 OK.

◆고라이오 : 유도 ㅇㅋ

◆애플리코트 : 루시안도 이쪽이다.

◆루시안 : 위험해애애!

미끄러지듯이 베이비 뒤로 도망쳤다.

그 직후 번개가 작렬해서, 흡수하지 못한 베이비 알케쉬가 튕겨나갔다.

우리는 그대로 노 대미지다.

좋았어! 여기는 클리어!

◆아코 : 빠져나왔어요!

◆슈바인 : 이걸 반복하는 거지? 여유, 여유~!

◆세테 : 본체는 남은 HP 75퍼센트 정도~.

◆바츠 : 파편이 폭발한다! 도망쳐!

◆슈슈 : 여기 안전해.

◆루시안 : 미티어 떨어진 구멍 성가셔! 이거 진짜로 전부 맞아야지, 안 되겠네!

◆애플리코트 : 다음 데미 저지먼트까지 50퍼센트를 넘을 수 있다! 제2 진입이다!

◆슈바인 : 깎자! 깎아~!

◆루시안 : 베이비 또 소환될 테니까, 그쪽도 깎아!

필사적으로 두들겨서 마침내 적의 HP가 50퍼센트를 밑돌았다.

이걸로 제1단계를 돌파, 제2단계 돌입인가!

◆바츠 : 좋~았어!

◆루시안 : 다음 공격은······.

▶알케쉬 딥 드래곤의 날개가 어둠의 색으로 빛난다!◀

뭔가 안내문이 떴다!

◆슈슈 : 어둠의 색이라니 무슨 색이야?!

◆미캉 : 검은색 같아.

◆슈바인 : 문제는 그게 아냐!

◆아코 : 마법진이 나왔는데요?

발밑에 마름모꼴을 이중으로 겹친 듯한 팔각형 마법진이 출현했다.

우리 밑만이 아니라, 각 파티 밑에 한 군데씩, 세 곳이다.

◆슈슈 : 발밑에서 뭔가 나왔어!

◆루시안 : 뭐야, 이 문장 같은 거.

전원의 위쪽에 뭔가 문장 같은 표시가 떠올랐다.

게다가 다들 제각각이다. 뭐야, 이거?

◆세테 : 드래곤의 영창이 진행되고 있는데?

◆애플리코트 : 음, 이건—.

▶어둠이 풀려난다!◀

안내문과 동시에, 콰앙 하고 전원이 함께 대폭발했다.

그 한 방으로 깔끔하게 전멸.

화면에는 『Retry?』라는 확인창이 표시되었다.

◆루시안 : 일격ㅋㅋㅋㅋ

◆슈바인 : 뭐야 이게ㅋ

◆애플리코트 : 일격으로 전멸하니 상쾌한 감이 있군.

"오빠, 이거 어떻게 피해?"

"나도 몰라."

뭔가 기믹인 거겠지만, 영상에서는 어떻게 피했었더라?

◆바츠 : 제2단계 큰일인데ㅋ 전혀 모르겠어ㅋ

◆†검은 마술사† : 팔각형 마법진이 나왔는데, 끝부분에 원과 문장 같은 것이 있었지.

◆애플리코트 : 똑같은 문장이 전원의 머리 위에 떠 있었다. 그곳으로 피난하라는 건가.

◆바츠 : 해볼까? 랜덤인지 고정 패턴인지는 모르겠지만.

◆디 : 아무튼 제1 돌파를 축하하자고ㅋ

◆바츠 : 이제 막 시작됐을 뿐이잖아ㅋ

◆이가스 : 기믹으로 이동이 전제된다면, 역시 탱커는 중앙 근처에 있어야 안전하지 않을까요?

왁자지껄, 의논이 진행됐다.

◆슈바인 : 이 느낌, 왠지 즐겁네.

◆애플리코트 : 대인원이 협력해서 난관 보스 공략을 진행하는 것도 나쁘지 않지?

◆루시안 : 응응, 왠지, 달성했을 때의 보람이 있네.

◆아코 : 저, 단체줄넘기를 제대로 뛰었던 거 처음이에요.

◆미캉 : 축하해요.

다행이군, 다행이야.

그렇게 기뻐하는 우리에게, 고양이공주 씨가 땀을 흘리는 감정표현을 띄우며 말했다.

◆고양이공주 : 축하는 하겠지만 아코, 아직 전혀 뛰지 못했다냐.

◆아코 : 어? 그래도 절반까지는 진행됐잖아요.

◆슈바인 : 맞아. 남은 HP 절반까지는 깎았잖아!? 여유, 여유~.

◆고양이공주 : ……다들, 아직 물러터졌다냐.

우리의 말에 고양이공주 씨가 훗 하고 웃었다.

그 웃음의 의미는, 바로 알 수 있게 되었다.

그로부터 몇 시간 동안, 우리는 제2단계의 초반조차도 돌파하지 못했다.

"빛과 어둠이 갖춰져서 최강으로 보이는 거야?"

2장

◆슈바인 : 어둠의 날개가 와!

◆아코 : 저는 으~음, 으~음, 눈 마크에요!

◆루시안 : 아니야! 아코! 그건 비슷하지만 별 마크야! 눈은 거의 반대쪽!

◆아코 : 저는 그런 비슷한 문양 같은 것에 낚이지으아아아아아악!

◆루시안 : 채팅을 치고 있으면 제때 못 맞추잖아!

◆애플리코트 : 애초에 네 명 정도 들어오지 못했다. 이건 이제…….

▶어둠이 풀려난다!◀

안내문과 함께 대폭발.

멋들어지게 전멸했다.

그때 이후로 며칠이 지난 지금, 우리는 아직까지 제2단계의 초반조차도 돌파하지 못했다.

"졸려……."

요즘 줄곧 수면 부족이다.

인원을 모을 필요가 있으니까 매일 도전하는 건 아니지만,

그래도 꽤 잦은 빈도로 진 알케쉬에 도전하는 중이다.

그렇게 모두 함께 도전하기 때문인지, 무리해서 늦은 시간까지 머물게 된단 말이지.

시험도 아직 멀었으니 수업 중에 조금 자더라도 괜찮을 거라는 위험한 생각까지 들 정도다.

그런고로 평소보다 늦은 시간에 교문을 지나가려던 그때―.

"잘 부탁드립니다~!"

누군가가 말을 걸었다.

부활동 모집인가 했지만, 그런 시기는 아니다.

목소리가 들린 쪽으로 눈을 돌리자, 그곳에는 어깨띠 같은 것을 두른 여자가 있었다.

"학생회장으로 입후보한 1학년 2반, 타카이시 료카입니다! 잘 부탁드립니다!"

아아, 회장으로 입후보한 사람인가.

1학년인데 회장이 되려고 하다니 향상심이 있는 아이네.

미즈키의 친구라는 게 이 아이인가?

어라? 왠지 이름과 얼굴이 낯익은 것 같은데……

누구였더라? 빤히 보다가 문득 그녀와 눈이 마주쳤다.

"아, 선배! 이번에 학생회장으로 입후보했어요! 잘 부탁드려요!"

"아, 응. 열심히 해."

어어, 누구였더라……?

"어라? 료카?"

그때 내 옆에서, 역시나 익숙한 목소리가 들렸다.

"아키야마?"

"좋은 아침~ 니시무라. 아, 예전에 부활동 견학하러 왔던 료카, 맞지?"

"네. 그때는 신세 많이 졌어요."

앗! 마스터를 동경한 나머지 착각해서 온 그 아이였나.

그렇군, 이런 형태로 뒤를 쫓으려 한 건가.

"함께 일할 수는 없지만, 회장님이 말씀하신 노력하는 사람이 보답 받는 학원을 목표로, 이번 회장 선거에 입후보했어요! 잘 부탁드립니다!"

"응, 열심히 해."

"네! 감사합니다!"

우리에게 고개를 숙인 그녀는 다시 교문을 지나는 학생들에게 인사를 이어갔다.

또박또박한 말투와 잘 울리는 목소리라 때때로 성원을 받았다.

"으~음, 혼자서 아침부터…… 장하네."

"1학년이 당선되려면 노력하지 않으면 안 될 테니까~."

"그야 그런가."

전 부회장이 입후보할 예정인 것 같으니, 어렵겠지.

게다가…… 마스터의 야망으로는, 이 사람도 입후보해줬으면 좋겠다고 하니까.

"왜 그래?"

"아니, 아무것도 아냐."

아직 전혀 움직이지 않고 있으니, 쓸데없는 말은 하지 말자.

"불, 달, 산, 물, 눈, 번개, 바람, 별……."

아코는 수수께끼의 주문을 외웠다!

"괜찮겠어?"

"우우, 기억 못하겠어요……."

그러나 아무 일도 일어나지 않았다!

"자자, 힘내, 힘내~. 슬슬 기억해야지."

"네……. 불달산물, 불달산물……."

아코는 부실 책상 앞에 앉아 끙끙대며 머리를 감싸 쥐었다.

"나는 화월산수설뇌풍성(火月山水雪雷風星)~ 이라고 기억하려고 하는데."

"아카네의 읽는 법은 멋있긴 하지만 의미를 잊어버릴 것 같아."

"나는 절반씩 따로 기억했는데."

"인간의 순간기억은 일곱 개가 한계라고 하더군. 네 개씩 익히는 건 유효하긴 하겠지만, 거기만 기억했다고 착각할 위험도 있겠지."

"……불, 달, 산, 물, 눈, 번개, 바람, 별……."

"니시무라도 하는구나."

왠지 불안해졌다고!

"······안녕하세요."

"불달산물, 실례합니다~."

내 여동생도 아코와 마찬가지로 주문을 외우고 있었다.

왜 이런 영문 모를 주문을 외우고 있냐면······.

"자, 다들 노력하고 있는 모양이다만, 일단 확인을 해볼까."

마스터가 요 며칠 전원의 골머리를 썩게 만들고 있는 화이트보드를 가리키며 말했다.

"진 알은 HP 50퍼센트 이하, 제2단계로 들어가면 곧바로 어둠의 날개를 사용한다. 발동과 동시에 1팟당 여덟 종류의 문장이 하나씩, 전원에게 분배되지. 모든 문장에 특정 대피 장소가 정해져 있고, 일정 시간 이내에 이동하지 않으면 맵 규모의 대폭발이 일어난다. 한 방에 반파, 세 방이면 전멸하는 대미지다."

"가혹한 기믹이네."

"여기에 적혀 있듯이, 팔각형 마법진이 세 개 출현하고, 그 끝부분에 대피 장소가 나온다. 시간 내에 그곳에 갈 필요가 있지. 또한 120도씩 미묘하게 회전해서 위치를 틀기 때문에 패턴이 세 가지다."

"우우, 합쳐서 스물네 개나 외워야 하는 거네요······."

"순서만 확실히 기억한다면 조금만 생각해도 알 수 있는데."

"천천히 셀 여유는 없으니까, 전부 익히는 게 편해."

살짝 틀린다면 만회할 수 있지만, 한 번 반대로 가버리면 그냥 끝장이니까.

이동시간에는 아주 약간 여유가 있지만, 기본적으로는 바로 가지 않으면 시간에 못 맞추는 험난한 밸런스다.

한 명이 미스하면 반파, 두 명이면 괴멸, 세 명이면 전멸이니까, 좀처럼 넘길 수가 없었다.

"이건 너무 어려워서 어쩔 수 없다고 생각해."

"하지만, 하지만~, 하는 사람도 엄청 많아서 미안하잖아요."

"적응이야 적응."

클리어하는 파인 세테 씨가 괴로워하는 파인 세가와와 아코를 톡톡 두들겨줬다.

"어어, 불이라면 이쪽, 물이라면 이쪽……."

아코가 뭔가 이상한 춤을 흐물흐물 추기 시작했다.

왠지 MP가 줄어들 것 같은데…….

"뭐야, 그 수상한 움직임."

"이동 연습이에요."

"현실에서 해서 어쩔 건데."

"현실에서 해보면 기억할 수 있다는 걸 밸런타인 때 배웠어요!"

괜찮지 않았던 마스터의 개조수술이 악영향을—!

그런 짓을 해도 기억 못한다고!

"아, 타마키. 나중을 위해 피하면서 힐 콤보를 쌓아두는 편이 좋아."

벌써 다 기억한 선생님이 느긋하게 말했다.

"그건 진짜로 힘들어요!"

"아, 통과한 뒤에는 잡몹들이 대량으로 나오니까 절대로 서클 힐 같은 걸 쓰면 안 돼."

"단일 회복으로 재정비하는 건가요?!"

"하이 힐도 안 되거든? 그러니까 타마키는 파티칸 아래쪽부터, 나는 위쪽부터 회복해서 겹치지 않도록 해야 해."

다들 큰일인 것 같다.

이렇게 말하는 나도 알케쉬 본체의 행동 패턴을 다 익히지 못해서 고양이공주 씨에게 민폐를 끼치는 부분이 있다.

자기 버프를 쓸 타이밍 정도는 익혀놔야겠지.

"우우, 힐러 일은 서툴러요."

"도중의 미티어 맞기나 빔 피하기는 잘 하던데."

"그 정도라면 밸런타인 던전보다는 편하잖아."

"네. 은근히 할 수 있어요."

실제로 아코는 꽤 잘 피하는 편이다.

기억 게임을 좀처럼 할 수 없어서 곤란한 모양이지만, 그것 말고는 안정감이 있다고 생각한다.

"아코와 미캉은 잘 피하고 있더군. 두 사람 모두 고맙다."

"열심히 했어요."

미캉은 미니 미터어 가드와 어둠의 날개에서의 안정적 회피, 그리고 딜에도 공헌하고 있었다.

"역시, 기대대로야."

"브이(V)."

후타바는 그렇게 말하며 손가락을 세웠다.

"미캉에게 뒤지다니 진짜로 분한데?"

그리고, 이쪽은 그 후타바보다도 피탄율이 높은 세가와.

아니, 말은 그렇게 해도, 네 피탄은 조금 이야기가 다르지.

"세가와 네가 저지르는 건 딜을 더 내려고 노력한 결과잖아."

"그 결과가 바닥을 핥는 거여선 안 되잖아."

"핥지 않는 범위 안에서 딜을 내줬으면 좋겠는데."

"하지만 다들 익숙해졌네요."

"그러게."

누가 실수를 하기는 해도, 처음처럼 바로 괴멸당하는 일은 줄어들었다.

"하지만 한 번 실패하면 돌이킬 수 없는 기믹이 너무 많은 게 문제네."

"그것도 사실이긴 하지."

제2단계의 어둠의 날개는 물론이고, 처음에도 카오스 레이를 맞아서 둥지에서 튕겨나가면 전선 이탈이고, 힐러인 아코가 돌이 되면 파티는 반파된다. 미티어도 한 번 놓치면 큰 구멍이 뚫려서 데미저 이후의 파편 폭파를 피하지 못하게 된다. 그렇다고 해서 너무 피하기만 하다가 딜이 부족해지면 게임 오버.

어둠의 날개 연습을 하려고 해도, 거기까지 안정적으로 가는 것조차 큰일이다.

"게다가 누가 뭘 하는지 정하지 않은 탓에 왠지 모르게 다른 쪽 탓으로 돌려 버리잖아."

"그렇다니까. 미티어는 아무나 받아줄 거라 생각해 버리고, 딜이 부족할 때는 누군가가 게으름 피운 게 아닌가 하는 생각이 들고."

"어둠의 날개도, 자기 말고도 누군가가 틀리면 내 탓뿐인 게 아니니까 오케이~ 라고 생각하게 돼."

그렇게 생각하니 정말로 위험한 보스다.

우정 파괴 레이드는 빈말이 아니었다.

"이래서야 싸우기도 하겠지."

"우리도 매번 다투니까."

이대로 가면 클리어할 수 있을지 불안해질 정도다.

"실은 그 건으로 한 가지 생각한 것이 있어서 말이다. 오늘 밤부터 실천해보려고 한다."

"마스터, 뭔가 생각해 둔 거라도 있어?"

"음. 오늘 밤부터 진심으로 공략을 목표로 하자."

마스터가 뭔가 자신만만한 미소를 지었다.

그럼 이미지 트레이닝이라도 확실히 해둘까?

"오늘 부활동도, 각자 밤을 대비한 연습과 장비의 조달, 스킬 수련에 힘써다오."

"네~에."

"……네."

두 대가 더 늘어난 컴퓨터에 후타바와 미즈키가 앉았다.

이제 부실에는 게이밍 컴퓨터가 여덟 대 있다.

저기, 괜찮아? 이런 거 부비에서는 안 나오잖아?

"대체 얼마나 든 걸까, 이 부실……."

"걱정하지 마라. 사비다."

"그러니까 걱정인 거라고."

당당하게 말하지 말았으면 좋겠다.

"어라, 그러고 보니 마스터."

문득 아침에 있었던 일을 떠올렸다.

"왜 그러나."

"전에 말했던 그건 어떻게 됐어?"

"그거?"

"그 있잖아, 그거……."

슬쩍 세테 씨를 가리켰다.

"결국 하나의 패턴을 가진 모양이 회전할 뿐이니까, 제대로 기억하기만 하면 자기하고 가장 가까운 한 곳만 보고 어디로 가야 할지 알 수 있을 거야."

"이론은 알고 있지만요……."

아코에게 뭐라 가르쳐 주고 있는 세테 씨를 보며 마스터
가 살짝 끄덕였다.

"학생회 선거 건인가……."

마스터는 왠지 본의가 아니라는 듯이 속삭였다.

"이미 선거전이 시작됐다. 가급적 빨리 말해야겠다 싶긴
하지만, 현재는 그럴 겨를이 아니어서 말이다……."

"하긴 그러네."

이런 보스전 한가운데에서 선거를 하자는 말을 꺼냈다가
는 평범하게 거절당할 것 같다.

그럼 포기하면 된다고 생각하는데…….

"기회가 있다면 어떻게든 해보려고 생각 중이다."

"아직 포기하지 않은 거네."

"으으으으으음."

뭐, 마스터 마음대로 하시죠.

그리고 그날 밤.

◆†검은 마술사† : 이번에야말로 클리어하고 싶은데.

◆바츠 : 이렇게나 앞날이 보이지 않으면 아이템 쓸 기운도
안 난다고.

다른 파티 멤버들도 역시 지친 기미를 보이고 있었다.

전처럼 기운차게 움직이며 연습하는 느낌도 보이지 않는다.

◆애플리코트 : 클리어를 노리는 데 있어서, 이 레이드에는

한 가지 커다란 문제가 있다.

오, 마스터가 뭐라 말을 꺼냈다.

생각이 있다고 했던 그 이야기인가?

◆†검은 마술사† : 호오?

◆바츠 : 뭔데, 문제라니.

◆애플리코트 : 내가 생각하건대, 다들 너무 뿔뿔이 흩어져서 움직이고 있더군.

◆미캉 : 오합지졸.

◆아코 : 어려운 단어를 알고 있네요.

◆애플리코트 : 미캉의 말이 맞다.

마스터는 크게 끄덕이며 말을 이었다.

◆애플리코트 : 통일된 의지가 없이 제멋대로 움직이는 우리는 그야말로 오합지졸. 거기서 나는, 지휘관 선정…… 그리고 커맨더 모드의 도입을 제안하고 싶다.

커맨더 모드라니, 고양이공주 씨가 쓰지 않는다고 했던 그거 말이야?

그거 쓸 거야? 정석에는 들어가지 않는다고 하던데.

◆바츠 : 커맨더 모드 쓸 거냐. 베이비의 DPS 체크가 힘들어질 텐데?

◆애플리코트 : 하지만 지금의 우리에게는 필요하겠지.

◆†검은 마술사† : 타개책 중 하나는 될지도 모르겠네.

◆슈바인 : 왠지 이런 상황에서는 묻기 힘든데 말이지.

슈가 레이드 채팅으로 물었다.

◆슈바인 : 커맨더 모드라는 게 뭐냐?

◆아코 : 저도 몰라요!

◆세테 : 루시안, 해설!

◆루시안 : 나도 잘 모르는데?!

일단 알고 있는 범위에서 말하자면—.

◆루시안 : 그거잖아. 레이드팟에서만 쓸 수 있는 완전 지휘관 모드 아냐? 맵에서 캐릭터가 사라지고 전체 지휘만 할 수 있게 되는 거지.

RPG가 아닌 다른 게임을 조작하는 것 같다고 들었다.

실제로 해본 적은 없지만.

◆애플리코트 : 음, 그거다.

마스터가 말하자 화면에 커맨드 투표 개시라는 글자와 전원의 이름이 들어간 선택지가 나타났다.

◆애플리코트 : 여기서 대상을 골라, 커맨더로 선출이라는 버튼을 누르면 투표가 시작된다. 선출된 플레이어는 커맨더 모드를 쓸지 쓰지 않을지를 선택할 수 있지.

◆아코 : 일단 루시안을 선택해 볼게요.

나도 나를 눌러 볼까?

잠시 기다리자, 빠바바바~암 하고 팡파르 같은 효과음이 울렸다.

▶루시안이 지휘관으로 선출되었습니다.◀

그리고 메시지 로딩이 나오면서 화면이 전환됐다.

우왓, 시야가 넓어! 엄청 멀리까지 보이는데?

어어, 알케쉬의 둥지를 높은 곳에서 내려다보는 시점, 인가?

왠지 많은 사람들이 입구에 몰려 있는데…… 아, 아코가 있네. 이거, 우리가 있는 맵을 다른 시점에서 보고 있는 건가?

◆아코 : 루시안이 사라졌어요!

◆애플리코트 : 루시안은 신이 된 거다.

◆아코 : 신인가요?!

아코가 놀란 감정표현을 내는 것도 제대로 보인다.

TMW 사람이 한가한 듯이 앉았다 일어서는 것도.

▶루시안 : 신이라기보다는, 신 시점이네.◀

◆슈바인 : 또 신이 이야기 하고 있어.

◆세테 : 신앙이 깊네.

의미가 변했어!

하지만 이 화면 재미있네, 다들 뭘 하고 있는지 전부 알 수 있잖아?

◆애플리코트 : 지휘관이 된 사람은 맵 전체를 내려다보는 시점으로 상황을 확인하면서, 지휘를 맡을 수 있게 되는 거다.

▶루시안 : 호오, 호오~.◀

◆애플리코트 : 할 수 있는 행동은 단순하다. 아무 캐릭터나 골라봐라.

▶루시안 : 고르라고 해도…… 이렇게?◀

아코를 클릭해봤다.

그러자 아코 위에 뾰콩 하고 『▼』 마크가 생겼다.

◆아코 : 이게 뭔가요?

아코 쪽에도 제대로 표시된 모양이다.

무슨 효과가 있는 거지?

◆애플리코트 : 이건 지휘 마크다. 다음으로 이동할 곳을 클릭해 봐라.

이번에는 진 알을 클릭해보자, 아코에게서 나온 화살표가 진 알 쪽으로 뻗어갔다.

아하, 이건 알기 쉽네.

◆애플리코트 : 이렇게 각 플레이어의 행동을 지시할 수 있지.

◆아코 : 왠지 시뮬레이션 게임 같네요.

◆†검은 마술사† : RTS 같은 거니까.

리얼 타임 스트레티지인가.

해본 적은 없지만, 이런 느낌인 건가.

◆슈바인 : RTS라…… 이름은 들어본 적 있어.

◆세테 : 마이너한 거야?

▶루시안 : 아니, 세계에서 가장 메이저한 게임은 RTS 계통인데.◀

◆슈바인 : 온라인 게임에도 프로 같은 게 있으니까.

◆세테 : 그래?! 그럼 왜 다들 그 게임을 안 하는데?

◆애플리코트 : 유행하는 걸 꼭 플레이해야만 할 필요는

없는 것 아니냐.

◆세테 : 그래도 일단은 유행을 쫓아가면 안심되지 않아?

유행에 민감한 여고생다운 소리네.

이 사람, 똑같은 시스템으로 유행하는 카드 게임이 다수 있으면, 분명히 가장 사람이 많은 녀석을 고르는 타입이야! 나도 그렇지만!

◆아코 : 메이저한 게임에 전원이 모일 거라 생각하면 큰 오산이에요!

▶루시안 : 그래, 그래. 애초에 레전더리 에이지 자체가 중견 정도니까.◀

메이저 지향인 사람은 그다지 이 게임에 오지 않는다고.

◆세테 : 저기, 커맨더는 그 외에 할 수 있는 게 더 있어?

◆애플리코트 : 나머지는 플레이어가 지휘를 따르는 것으로 커맨더 포인트, 즉, CP가 쌓여서 그것을 소비해 특수행동도 가능하다. 지시 이외에 할 일이 없는 것도 아니지.

▶루시안 : 오호.◀

◆바츠 : 그래도 평범하게 하는 것보다는 재미없으니까, 하고 싶어 하는 녀석은 없지.

◆애플리코트 : 하지만 지휘를 하기는 베스트겠지?

마스터가 엄지를 척 세우는 감정표현을 썼다.

◆애플리코트 : 현재 문제가 되는 건 미티어를 누가 맞는가, 베이비의 체력을 깎는 판단, 제2단계에 돌입할 때의 어둠

의 날개 회피다. 그중 어느 것도 커맨더가 지시를 내리면 해결될 거다.

◆†검은 마술사† : 뭐, 그렇지.

◆바츠 : 자신 없는 녀석에게 지시를 내리려고 해도, 이동하면서 하기는 힘들었으니까. 누군가가 전부 해준다면 편하긴 한가.

◆애플리코트 : 그뿐만이 아니다. 이런 제안에 최종결정을 내리는, 레이드 자체의 리더도 아직까지 존재하지 않았어. 그것을 보충할 수도 있을 거다.

들고 보니, 마스터와 바츠, 검은 마술사 씨의 합의로 공략을 진행하고 있었지만, 그것 자체도 시간이 필요했었다.

이걸로 리더가 확실히 정해지면 앞으로 편해질지도 모르겠는데?

▶루시안 : 커맨더, 괜찮지 않을까?◀

◆세테 : 응, 리더는 있는 편이 좋아.

다른 길드에서도 이의는 없었고, 커맨더를 써보자는 제안은 무사히 채용되었다.

◆애플리코트 : 이제는 누구를 커맨더로 하는가, 이다만.

◆바츠 : TMW의 지휘는 짜증날 것 같으니 사절하고 싶은데.

◆†검은 마술사† : 이쪽으로서도 발렌슈타인의 지휘를 따르는 멤버가 있을지 불안하네.

여기서도 싸우는 거냐!

싸우지 말라고 지휘관을 정하는 건데!

◆†검은 마술사† : 뭐, 농담은 넘어가더라도, 서로 재미있는 심술에 힘을 쏟을 것 같거든.

◆바츠 : 들키지 않을 만큼 마구 방해해버리면 대책 없으니까.

▶루시안 : 두 사람, 실은 사이좋지?◀

생각하는 게 똑같잖아.

아무튼 저쪽 두 파티에서 리더는 나오지 않는 건가…….

◆바츠 : 그럼 중간을 취해서 앨리 캣츠에서 커맨더 뽑으라고. 먼저 말 꺼냈잖아.

▶루시안 : 우리라면…… 누가 해야 좋을까?◀

◆†검은 마술사† : 전력으로 따지면 아처인 저 아이겠지.

◆미캉 : 저요?

◆애플리코트 : 확실히 딜링으로는 미캉이 가장 떨어진다만…….

◆미캉 : 리더…….

미캉이 살짝 고개를 갸웃했다.

그리고 뭐라 말하기도 전에—

◆슈슈 : 우리 미캉은 말을 잘 못해서 리더 같은 걸 할 그릇이 아닌데요?

미즈키가 끼어들었다.

아, 큰일 났다! 미캉 상대로 그건 안 돼!

▶루시안 : 야, 그런 말을 하면—.◀

◆미캉 : 그렇지 않아.

◆슈슈 : 어? 아얏!

거봐! 지기 싫어하는 성미니까!

◆미캉 : 해볼래요.

▶루시안 : 관두자. 의욕은 있을지 몰라도, 채팅 속도가 부족하니까.◀

◆바츠 : 의욕은 높이 사겠다만, 아무리 그래도 3차 직업한테 지휘를 받고 싶지는 않다고.

◆미캉 : ……알았어요.

미캉은 천천히 끄덕이며 말했다.

◆미캉 : 타이핑 연습하고, 레벨도 올릴게요.

◆슈바인 : 그런 문제가 아냐!

미캉은 정말 미캉이라니까.

겉보기와는 달리 밀어붙이는 게 진짜 세다니까.

◆바츠 : 진짜로 재미있는 녀석들밖에 없다니까~ 앨리 캣츠ㅋㅋㅋㅋ

바츠는 대폭소하고 있고!

▶루시안 : 아니, 잠깐! 나는 멀쩡하잖아!◀

◆바츠 : 너도 만만치 않거든?

어디가 만만치 않다는 거야?! 이렇게나 평범한 탱커인데!

단지 조금 현실과 게임을 구별 못하는 신부가 있고, 최근에는 자는 틈을 타서 퍼스트 키스도 빼앗겨버렸다는 의혹

이 있을 뿐이잖아!

　……응, 상당히 이상한 상황일지도 모르겠다.

　◆바츠 : 그럼 결국 누가 할 건데?

　▶루시안 : 전력으로 봐서 문제없는 건 아코겠지.◀

　◆아코 : 저 말인가요?

　◆고양이공주 : 서브 힐러니까 말이다냥.

　게다가 메인은 고양이공주 씨다. 서브 힐러가 없더라도 아직은 괜찮을 거라 생각한다.

　그렇지만 아코도 열심히 노력하고 있다. 꽤 버거워하긴 하지만.

　◆슈바인 : 할 거냐? 아코.

　◆아코 : 커맨더는 아무것도 피할 필요가 없는 거죠?

　그야 뭐, 애초에 게임 안에 캐릭터가 없는 상태니까.

　▶루시안 : 단체줄넘기로 말하자면, 카운트하는 사람이겠지.◀

　◆아코 : 카운트하는 사람인가요!

　아코가 번쩍, 전구 표시를 띄우고 외쳤다.

　◆아코 : 카운트하는 사람, 할래요!

　이 녀석 도망쳤어!

　딱히 어떤 이유더라도 상관은 없지만, 할 거라면 제대로 해달라고?!

　▶루시안 : 그럼 커맨더 사임한다.◀

　사임 버튼을 누르자 루시안이 알케쉬의 둥지로 돌아왔다.

나머지는 아코를 커맨더로 투표했다.

▶아코가 지휘관으로 선출되었습니다.◀

이걸로 오케이.

오, 아코가 화면에서 사라졌다.

파티칸에는 있지만, HP도 표시가 없네. 정말로 무적 모드인가.

▶아코 : 조작은 이렇게, 이렇게……◀

◆애플리코트 : 할 수 있을 것 같나? 아코.

▶아코 : 네~.◀

아코의 캐릭터는 없지만, 왠지 모르게 기운차게 손을 드는 감정표현이 나온 것 같다.

◆루시안 : 그럼 아코, 바로 지휘를 부탁해.

▶아코 : 어어…… 여러분, 준비는 되셨나요?◀

◆루시안 : 메인 OK.

◆바츠 : A OK.

◆†검은 마술사† : B OK.

전 파티 준비 OK.

▶아코 : 그럼 시작해주세요.◀

아코의 한마디로 전투가 시작됐다.

내가 진 알 본체를 맡고, 주변을 두 파티가 맡는 것이 현재의 공략 스타일이다.

이것저것 시도해봤는데, 나는 내구력은 있지만 딜은 별로니까, 딜에 힘을 쏟은 탱커 두 사람이 베이비를 맡는 형태로 수습됐다.

그리고 아코가 없는 것 말고는 평소대로 싸움이 이어진 몇 분 뒤—.

▶아코 : 오른쪽 베이비, HP 50퍼센트예요.◀

오, 아코의 안내가 들어왔다.

▶아코 : 왼쪽 베이비 다 깎았어요.◀

▶아코 : 오른쪽 베이비 다 깎았어요.◀

오오, 의외로 제대로 커맨더 하고 있잖아?

◆슈바인 : 고양이공주 쟁탈전 때 아나운서를 하던 아코가 떠오르네.

◆고양이공주 : 그, 그런 일도 있었다냐…….

◆세테 : 싫은 추억이 떠오른 듯한 리액션ㅋ

그때도 제대로 아나운서를 했으니까, 아코는 이런 역할이 잘 맞을지도 모르겠다.

……라고 생각했는데—.

▶아코 : 본체, 남은 HP 85퍼센트예요.◀

▶알케쉬의 눈동자가 요사하게 빛난다!◀

◆바츠 : 페트라 세 번째 끝났어. 이제 데미저 와.

◆노엘 : 다 깎았어.

◆코로 : 어서어서 숨어.

▶아코 : 본체, 남은 HP 80퍼센트예요.◀

아니, 아코, 지금 말해야 할 건 그게 아닌데?

데미저를 피하면 이후 폭파를 피하면서 본체 때려야 하잖아.

▶아코 : 본체, 남은 HP 75퍼센트예요.◀

다시 한 번 루프. 베이비를 깎으면서 기믹 처리를—.

▶아코 : 본체, 남은 HP 70퍼센트예요.◀

◆루시안 : 잠깐! 아코, 안내만 하고 있잖아!

커맨더인데 아무 명령도 내리지 않고 있어!

◆바츠 : 지휘해, 지휘! 미티어 떨어져서 구멍 뚫렸잖아!

▶아코 : 그치만 저한테 명령 같은 건 무리라고요!◀

◆루시안 : 그럼 왜 입후보했어?!

▶아코 : 게임을 잘 못하니까 지휘관을 하겠다는 사람도 분명 있다고요!◀

있긴 하지만! 커맨더 전문 같은 사람이 가끔 있긴 하지만!

이 녀석이 지휘관을 하면 안 되겠어!

◆루시안 : 우리 아코 때문에 정말 죄송합니다.

◆†검은 마술사† : 아니아니, 꽤 재미있었어ㅋ

◆슈바인 : 칫, 어쩔 수 없네.

슈가 머리를 긁적였다.

◆슈바인 : 그런 거라면 이 몸에게 맡겨둬.

◆애플리코트 : 호오?

◆루시안 : 지휘관 같은 거 할 수 있겠어?

◆슈바인 : 얕보지 말라고. 이래 봬도 공성전에서는 파티를

지휘했던 이 몸이라 이거야.

그런 적도 있었지.

지금도 형님이라 불리는 슈라면 잘 할 수 있을지도 모른다.

◆애플리코트 : 그럼 지휘관 슈바인으로 재도전이다.

▶슈바인이 지휘관으로 선출되었습니다.◀

다시금 전투 개시다!

개전과 동시에 슈의 채팅이 흘렀다.

▶슈바인 : 좋아. 네놈들 전원, 돌격!◀

그리고 전원의 화살표가 알케쉬로 뻗었다.

잠깐, 아니아니아니! 이건 그런 게임이 아니잖아!

◆바츠 : 야, 흐름 잊어버렸냐ㅋ

▶슈바인 : 전부터 순서이니 뭐니 짜증났다고! 아무튼 전원
이 전력으로 때려봐, 평범하게 쓰러뜨릴 수 있지 않겠냐?!◀

◆세테 : 무리 아닐까ㅋ

◆바츠 : 어쩔 수 없네ㅋ

지시대로 전원이 본체를 두들겼다.

베이비는 1퍼센트도 깎지 않았는데, 이거 정말로 괜찮나?

▶알케쉬의 눈동자가 요사하게 빛난다!◀

페트라 웨이브가 발동했지만 다들 알케쉬 본체를 보고 있
었기에 평범하게 피했다.

▶슈바인 : 거봐, 전원이 페트라 피할 수 있었잖아?◀

◆루시안 : 그야 전원이서 보스를 때리고 있으니까, 스킬

쓰면 알아채잖아ㅋ

평소에는 옆에 있는 적과 싸우는 탓에 보스의 스킬 사용을 알기 힘들었단 말이지.

▶마군의 왕이 심판을 내리려 하고 있다!◀

◆바츠 : 야, 데미저 오잖아, 어쩔 거야.

▶슈바인 : 전원 베이비 뒤로 숨어!◀

화살표 지시가 나왔다.

지시대로 적의 뒤로 숨어서 어찌어찌 번개는 피했다.

피하긴 했지만—.

◆루시안 : 데미 알케쉬가 두 마리나 생겼잖아!

◆코로 : 이거 어쩔 거야.

거대한 드래곤 세 마리가 나란히 이쪽을 덮쳐오고 있는데?!

▶슈바인 : 당연한 거 아니냐! 잡몹은 무시하고 본체를 때려!◀

◆루시안 : 거짓말이지?!

▶슈바인 : 할 수 있어, 할 수 있어! 하면 된다고! 왜 포기하는 거야!◀

◆고라이오 : 이거 무리!

아아, TMW의 탱커가 필드 바깥까지 날아갔어!

◆루시안 : 너는 모르겠지만, 데미 쪽이 본체보다 더 위험하다고! 즉사 공격을 연발한다니까!

▶슈바인 : 거짓말~?◀

거짓말 아냐! 애초에 나오면 안 되는 계열의 적이라고!

아아, 데미 알케쉬 두 마리가 불을 뿜어서 맵 전체가 불바다로……!

▶슈바인 : 좀 더 불타오르라고오오오오!◀

◆루시안 : 이보다 더 뜨거운 상황은 없어!

지금까지 없었던 진귀한 형태로 괴멸됐다.

▶슈바인 : 생각하던 것하고 달라.◀

◆바츠 : 그야 그렇지.

◆아코 : 재미있긴 했지만요ㅋ

그야 알기 쉬워서 재미있었지만, 이래서는 클리어 무리라고.

◆애플리코트 : 그대로 밀어붙일 수 있으리라 생각했나, 슈바인.

▶슈바인 : 기믹이니 뭐니 하면서 다들 이것저것 하다 보니 본체로 향하는 딜이 적잖아. 패인은 그게 아닐까 생각했었다고.◀

사고방식이 너무 직구잖아!

◆루시안 : 긴장 풀면 돌격 지시가 날아올 테니까 슈 지휘관은 배제하는 걸로.

◆세테 : 이의 없음!

▶슈바인 : 칫!◀

◆루시안 : 조금 더 멀쩡한 사람으로 뽑자.

다른 사람과도 어울려야 하니까.

◆애플리코트 : 그럼 나겠군.

마스터가 천천히 나왔다.

다른 사람에게 맡기고 있었지만, 처음부터 할 생각이었지? 마스터.

◆바츠 : 오, 겨우 진짜냐.

◆†검은 마술사† : 타당한 인선이네.

우리 지휘관이니까.

딜의 저하는 심각하지만, 아무튼 죽지 않는 게 중요하다.

▶애플리코트가 지휘관으로 선출되었습니다.◀

▶애플리코트 : 지휘관이 된 애플리코트다.◀

마스터의 채팅이 흘렀다.

▶애플리코트 : 내 지시를 따르면 승리는 틀림없다. 이 자리에서 녀석의 전설을 끝내자!◀

좋아, 개전이다!

전투 개시와 동시에 머리 위에 삐삐삐삑 하고 화살표가 뻗었다.

내 화살표는 알케쉬 본체로 뻗어 있고, 다른 사람들도 자기 배치로 화살표가 뻗었다.

역시 마스터, 지시가 세밀하네.

◆슈바인 : 이번에는 행동이 빨라, 페트라도 빠르고.

◆고양이공주 : 회피다냐.

▶애플리코트 : 회피 지시는 맡겨둬라!◀

페트라 웨이브에서 등을 돌리라는 듯이 전원의 등 약간 뒤쪽에 화살표가 뻗었다.

이쪽은 익숙하니까 괜찮지만 정말로 지시가 많다.

◆세테 : 미티어 날아와.

은근슬쩍 모두의 중간 지점 정도의 위치에 미티어가 떨어졌다.

그 중에서 가장 가까이 있는 바츠에게서 화살표가 뻗었다. 필드에 구멍이 뚫리지 않도록 미티어를 몸으로 막으라는 거겠지.

하지만 그 지시에 대해서─.

◆바츠 : 야, 화살표 방해되잖아.

이 녀석, 무시했어!

▶애플리코트 : 방해라고?! 그게 아니다. 미티어를 맞으라는 지시다!◀

◆바츠 : 왜 내가 맞아야 하는 건데?!

▶애플리코트 : 거리가 가장 가까운 사람이 맞아야 할 것 아니냐.◀

◆바츠 : 나보다는 이가스 보고 맞으라고 시키라고. 딜이 떨어지잖아.

◆루시안 : 이야기하는 도중에 미티어가 떨어졌어!

필드에 구멍이!

◆바츠 : 게다가 원거리라면 공격하면서 이동할 수 있잖아, 그쪽한테 시키라고.

▶애플리코트 : 그렇게 말하면서 원거리 직업한테만 기믹

처리를 시키는 건 불공평한 것 아니냐. 단순하게 거리로 판단하는 게 가장 공평하다!◀

말다툼을 하면서도 즉시 지시가 날아왔다.

2미터 정도 오른쪽으로 이동하라는 건가.

지시대로 슬쩍 이동했다.

그러자 다시 1미터 정도 오른쪽에 화살표가 생겼다.

◆루시안 : 이 지시, 뭔가 의미가 있는 건가?

◆아코 : 그, 글쎄요……?

아코도 지시대로 슬쩍슬쩍 이동하는 모양이다.

대체 뭘까……. 일단 움직이긴 하겠지만…….

이동하니까 이번에는 한 걸음 왼쪽에 화살표가 생겼다.

이건 그냥 있어도 되잖아!

◆슈바인 : 아아~ 정말! 화살표 짜증나!

◆세테 : 이제 움직이지 않아도 되지?

◆미캉 : 방해.

모두의 머리 위에 번쩍번쩍 화살표가 나왔다.

정말 지시 너무 많지 않아?

그보다 너무 지시가 많아서 다들 무시하고 있지 않아?

▶애플리코트 : 너희들, 왜 지시대로 움직이지 않는 거냐! 이래서는 게임이 되지 않아!◀

◆루시안 : 딱히 우리는 마스터의 장기말이 아니거든?!

◆바츠 : 그야 이런 미묘한 위치변경을 지시하면 아무래도

좋다고 생각하게 되잖아ㅋ

▶애플리코트 : 그래서는 클리어할 수 없단 말이다!◀

◆고양이공주 : 그보다도 50퍼센트 돌파했다냐.

앗, 이런! 못보고 있었어!

▶알케쉬 딥 드래곤의 날개가 어둠의 색으로 빛난다!◀

◆루시안 : 방심하고 있었어!

▶애플리코트 : 전원 이동이다!◀

마스터에게서 엄청난 기세로 이동 표시가 나왔다.

하지만 이거 곤란해! 이동 화살표가 너무 많아서 화면을 메우고 있어!

◆슈바인 : 화살표투성이라 문장이 안 보이잖아!

◆아코 : 마스터의 지휘가 방해돼요!

▶어둠이 풀려난다!◀

또 전멸이다!

이건 아무리 그래도 좀 아니잖아!

◆루시안 : 마스터, 해고.

◆아코 : 마스터가 이렇게 지휘를 못하는 사람일 줄은 몰랐어요!

▶애플리코트 : 어째서냐! 내 지휘는 완벽했을 텐데!◀

◆세테 : 그 지시가 너무 많아.

◆바츠 : 그냥 공격지시만 하는 편이 낫겠네.

◆†검은 마술사† : 안내만 해주는 게 나아.

▶애플리코트 : 그래선 안 된다는 게 조금 전까지의 이야기였을 텐데!◀

우리는 안에 사람이 있는 캐릭터니까 모든 지시를 들을 수가 없다고.

▶애플리코트 : 큭, 생각대로 되지는 않나…….◀

이건 어디까지나 MMO이므로 포기해주세요.

◆슈바인 : 이제 지휘관을 할 수 있을 만한 사람은?

◆루시안 : 나는 탱이니까.

◆고양이공주 : 내가 없으면 붕괴할 것 같다냐.

◆미캉 : 슈슈는?

◆슈슈 : 나한테 지휘 같은 건 무리인데?

뭐, 몽크를 하는 녀석이니까.

솔로 플레이 직업을 고르는 타입에게 지휘관은 어울리지 않겠지.

남은 후보자는―.

▶애플리코트 : 그럼 세테, 부탁하마.◀

◆세테 : 나로 괜찮아?

◆루시안 : 세테 씨밖에 희망이 없어.

딜의 저하는 크지만 어쩔 수 없다.

▶애플리코트 : 거수제로 진행했기 때문에 뒷전이 되었지만, 세테라면 해낼 거라 생각한다.◀

◆세테 : 그래? 그럼 해볼까?

가볍게 말한 세테 씨가 손을 들었다.

▶세테가 지휘관으로 선출되었습니다.◀

세테 씨가 화면에서 사라지고, HP 표시가 지워졌다.

▶세테 : 그럼 다들, 평소대로 힘내자~.◀

◆루시안 : 가볍네.

◆디 : 옙, 잘 부탁합니다~.

◆유윤 : 가자~.

◆정크 : 땡땡때댕땡.

◆†클라우드† : 까앙이 없잖아.

가벼운 분위기로 전투가 시작됐다.

세 파티가 세 방향으로 나뉘어서 아무튼 평범하게 싸웠다.

▶세테 : 다들~, 우선 첫 번째 페트라 웨이브 확실히 피해
줘.◀

◆슈슈 : 네~.

◆슈바인 : 애매한 지시네ㅋ

▶세테 : 그래도 괜찮잖아?◀

지금까지 몇 번이나 클리어한 곳이므로 실제로 여유롭다.

잿빛 파도가 일어난 순간, 바로 전원이 등을 돌려서 첫 번
째 페트라 웨이브를 회피했다.

그 직후, 세 곳에서 원형 그림자가 떠올랐다.

◆고양이공주 : 미티어, 세 개 동시에 온다냐.

◆루시안 : 전부 떨어지면 진짜로 움직이지 못하게 돼.

▶세테 : 여기선 일부러 라이프로 맞아줘.◀

세 명의 캐릭터에게서 화살표가 스르륵 나왔다.

딱히 다투지 않고 그 세 명이 막았다.

응, 왠지 평범하네.

▶세테 : 석화, 두 번째도 제대로 피해줘.◀

▶세테 : 아, 이번에 대미지 좀 불안할지도? 베이비 깎는 게 미묘하면 큰 기술을 써줘.◀

◆슈슈 : 그럼, 아수라봉황각~!

아수라봉황각! 하고 큼지막한 글자가 떠오르며 슈슈가 콤보를 소모해서 큰 기술을 썼다. 파파팍! 하고 베이비의 체력이 깔끔하게 30퍼센트 밑으로 내려갔다.

▶세테 : 오케이~. 다들 본체 깎아줘. 그리고 슬슬 세 번째야.◀

◆고라이오 : 페트라 피하면 이제 중앙에서 기다릴게.

◆코로 : OK.

쓸데없는 일이 전혀 없으니까 문제없이 진행이 되네.

그보다 오히려 하기 쉬워진 기분이 든다.

알고 있는 일이라도 잊어버리지 않게 다시 말해주고 있으니까.

▶세테 : 이제 곧 50퍼센트야.◀

◆애플리코트 : 어둠의 날개가 온다!

▶알케쉬 딥 드래곤의 날개가 어둠의 색으로 빛난다!◀

머리 위에 문장이 나왔다!

나는 어어, 바람인가!

◆루시안 : 배치에 서자!

◆아코 : 어, 어어, 저는……

▶세테 : 아코는 이쪽.◀

아코에게 화살표가 쭈욱~.

그 밖에도 움직임이 느린 몇 명에게 선이 쭈욱 표시되었다.

지시대로 전원이 이동한 뒤—.

▶어둠이 풀려난다!◀

안내문과 함께 폭발이— 일어나지 않았다.

◆루시안 : 오, 오오……

◆슈바인 : 피했어.

◆애플리코트 : 피했군.

전원이 각자 안전지대로 확실히 들어갔다.

여태껏 한 번도 성공하지 못한, 어둠의 날개 회피에 성공했다.

전원이 곤혹스러워하며 멈춘 가운데—.

▶세테 : 자, 다들 공격~ 공격~!◀

이런 그랬지, 아직 끝나지 않았다.

◆바츠 : 좋았어! 두들기자~.

▶마군의 왕이 부하를 소환했다!◀

잡몹이 대량으로 나왔다! 뭐야, 이 숫자는!

◆코로 : 절반 맡겠어.

◆†검은 마술사† : 애플리코트. 범위를 맞춰서 없애자.

◆애플리코트 : 알았다.

▶세테 : 벽을 꺼내서 적하고 아군을 분리시킬게.◀

▶세테의 인도가 벽이 된다!◀

CP를 써서 나온 벽이 아군과 적을 분리한 그 사이에 광역딜이 적을 팍팍 지워버렸다.

이건 어떻게든 될지도— 라고 생각한 타이밍에, 다시 새로운 기믹이……?!

◆알케쉬 딥 드래곤 : 빛이 있다면 또한 어둠도 있으리니—.

◆아코 : 알케쉬 씨가 말했는데요?!

◆슈바인 : 아얏! 뭐야, 이거?! 대미지 이상하잖아!

무슨 일이 일어난 거지?! 슈가 즉사했어!

◆바츠 : 미안, 죽었어.

◆애플리코트 : 나도다.

이곳저곳에서 사망자가 나왔고, 내 HP도 팍팍 깎였다.

아무것도 맞지 않았던 사람도 죽었는데, 이거 뭐가 일어난 거야?

▶세테 : 모두에게 디버프가 걸려 있어. 뭐지, 이거? 어둠이야말로 빛이며, 빛이야말로 어둠?◀

◆슈바인 : 무슨 효과인 건데? 빛과 어둠이 갖춰져서 최강으로 보이는 거야?

◆루시안 : 아니, 너 나이트가 아니니까 죽은 거 아냐?

◆슈바인 : 나는 훌륭한 드래곤 나이트거든?!

그랬다. 일단 이 녀석도 나이트였지.

▶세테 : 커서 갖다 대니까 설명이 나왔어. 특기인 거리에서의 공격 대미지가 반사된다네.◀

◆애플리코트 : 설명이 너무 생략돼서 잘 모르겠군.

그 사이에도 미티어나 카오스 레이가 날아와서 점점 생존자가 줄어들었다.

고양이공주 씨와 아코가 버텨주고 있지만, 회복량이 늘어서 잡몹에게 공격을 받기 시작했다. 이래서는 이제 오래 버티지 못할지도…….

▶알케쉬의 힘이 한 점에 집중된다!◀

◆루시안 : 또 안내문이 나왔어!

◆아코 : 뭔가 검은 덩어리가 나왔어요!

▶세테 : 점점 커지고 있네.◀

◆슈슈 : 아, 이거 때릴 수 있는 것 같아.

◆슈바인 : 일단 때려볼까?

◆슈바인 : 아아아앗!

또 슈가 죽었다!

▶알케쉬 딥 드래곤은 갓 다이버의 자세를 취했다!◀

◆루시안 : 갓 온다!

◆바츠 : 같이 맞자! 모여, 모여!

▶알케쉬 딥 드래곤의 날개가 어둠의 색으로 빛난다!◀

또 어둠의 날개를 썼잖아! 이제 영문을 모르겠어!

◆애플리코트 : 전원 지정된 자리에 서라!

◆†검은 마술사† : 바쁜 적이네!

다가가거나 떨어지거나 해서 전혀 보스를 깎지 못했어!

아니, 그 이전에, 문장이 있는 곳까지 도망칠 수가 없어!

▶어둠이 풀려난다!◀

유감스럽게도 거기서 괴멸당했다.

◆슈바인 : 분하네.

◆루시안 : 그래도 최고 기록으로 진행됐어!

◆애플리코트 : 지휘 효과는 굉장하군.

▶세테 : 호호호~.◀

필드에 모습은 없지만, 세테 씨가 의기양양한 표정인 것이 눈에 선했다.

◆바츠 : 세테 꽤 하는데?

▶세테 : 바츠, 사람을 쓴다는 건 이런 거라고.◀

◆바츠 : 어디서 들어본 말을ㅋ

근데 진행이 된 건 좋지만, 문제는 지금부터다.

그 러시를 어떻게 뛰어넘어야 할까…….

◆슈바인 : 중간부터 적의 공격이 너무 거셌어.

◆루시안 : 잡몹 무리 속에서 어둠의 날개를 피할 수 있겠

냐고.

◆아코 : 적이 방해돼서 문장이 안 보였어요.

그때까지는 잡몹에 집중해서 쓰러뜨리라는 건가?

◆슈슈 : 기믹 많아~.

◆미캉 : 아직 할 수 있어.

◆슈슈 : 정말로?!

미캉은 설령 못 하더라도 할 수 있다고 말할 것 같긴 한데.

▶세테 : 푸는 법만 알 수 있다면 지시를 내릴 텐데.◀

◆루시안 : 그쪽은 높은 사람들한테 맡기자.

우리가 이야기하는 사이에도 공략팀은 추리를 진행하고
있다.

◆바츠 : 횟수를 거듭할 수밖에 없겠지만, 얼추 파악은 되
고 있어.

◆†검은 마술사† : 도중의 디버프. 특기인 거리에서의 공
격 대미지 반사…… 아마 사정거리일 거다. 근거리 직업이라
면 근거리, 원거리 직업이라면 원거리에서 주는 대미지가 반
사되는 거지.

◆바츠 : 그때까지 잡몹을 없애버리지 않으면 위험하다는
거구만.

◆애플리코트 : 반대로 말하면 잡몹 처리만 끝낸다면, 경험
해 본 공격이 이어지는 존이다.

◆†검은 마술사† : 제3 돌입은 가까울 것 같네.

공략팀 쪽에서 보면 확실히 진전이 되어 가는 모양이다.

◆아코 : 정말로요? 정말로 클리어에 다가가고 있나요?

◆루시안 : 공략이 진행될 때마다 아무것도 모르고 즉사하는 꼴이니까, 그다지 진행했다는 실감이 없네.

◆슈바인 : 하지만 적의 HP, 40퍼센트까지는 깎았어.

◆아코 : 그럼 이제 조금만 남았네요.

◆고양이공주 : 그 조금의 벽이 두껍다냐.

▶세테 : 선생님~ 분위기 읽어줘요~.◀

하지만 세테 씨의 지휘라면 어떻게든 될 것 같은 기분이 드니까 신기하다.

지금까지 한 번도 돌파하지 못했던 어둠의 날개를 바로 빠져나왔으니까.

◆루시안 : 세테 씨가 리더를 해준다면 할 수 있을 것 같아.

◆아코 : 세테 씨 굉장하네요.

◆슈바인 : 딱히 특별한 일을 한 느낌은 아니긴 하지만.

▶세테 : 응, 평범하게 하고 있어.◀

본인도 느긋하게 대답했다.

◆애플리코트 : 세테, 한 가지 신경이 쓰이던 거다만.

마스터가 하늘을 올려다보는 포즈로 물었다.

◆애플리코트 : 도중에 한 번, 미티어를 맞는 지시를 내게 내렸더군.

▶세테 : 어? 응, 안 됐어?◀

◆애플리코트 : 아니, 문제없는 지시였다. 하지만 그때, 나와 아코가 거의 같은 거리에 있었을 거다. 딜을 생각한다면 아코가 맞는 게 타당했을 텐데, 어째서 내게 지시를 내린 거냐?

▶세테 : 어, 그치만 선배, 내가 지시 내리기 전에 순간 미티어 쪽으로 움직이려고 했었잖아?◀

◆애플리코트 : ……

▶세테 : 그래서 아코보다는 나을 것 같아서.◀

◆애플리코트 : ……그렇군. 효율과는 다른 판단인가.

마스터는 납득한 것처럼 끄덕였다.

◆애플리코트 : 좋은 지휘였다. 앞으로도 잘 부탁하마.

▶세테 : 나로 괜찮겠어?◀

◆슈바인 : 물론.

◆루시안 : OK~ OK~.

◆아코 : 부탁드려요~.

이렇게 레이드팟 지휘관 세테가 탄생했다.

그건, 좋았지만…….

◆애플리코트 : 역시 세테는 지휘관에 어울리는군…… 내 눈은 확실했어…….

뭔가 수상하게 중얼거리던 마스터를 조금 더 신경 썼어야 했다.

††† ††† †††

"잘 부탁드립니다!"

다음날.

아침부터 기운차게 교문에 서 있는 타카이시를 바라보면서 교실로 들어왔다.

그러자 무슨 일인지 아코와 세가와가 아키야마의 자리에 모여 있었다.

현재 아키야마는 교실 끄트머리 자리라 그런지 다른 여자의 모습은 보이지 않는다. 나도 살짝 보러 가볼까?

"루시안, 좋은 아침이에요."

"좋은 아침~. 뭐하는 거야?"

내가 물어도 되는 타입의 대화야? 라는 뉘앙스로 물었다.

"군마 공부야."

"알케쉬?"

다가가 보니, 노트에 【지휘관용! 군마 대책 노트】라고 적혀 있었다.

그와 함께 각 단계의 행동이나 회피방법이 메모되어 있다.

"진짜로 공부하고 있네."

"지휘관이니까!"

아키야마는 호호호 하고 가볍게 웃으며 펜을 들었다.

"마침 모두에 대해서 물어보고 싶었어. 멤버에 대해서도 조사하고 있으니까."

아, 진짜다. 레이드 멤버 전원의 이름하고 직업이 적혀 있어.

"각자의 성격 같은 것도 적혀 있네."

"적었지~."

공략만이 아니라 사람의 특징을 보는 게 아키야마답다.

"가장 위쪽은…… 아코인가. 뭐라고 적었어?"

"그게 말이지~."

아코 쪽에는 은근히 달필인 글자로 이렇게 적혀 있었다.

힐이 그리 능숙하지 않다. 버프도 잘 끊어진다. 미티어를 받아달라고 부탁하면 우물쭈물한다. 어둠의 색이 되었을 때 지시를 내리지 않으면 안 된다.

"글러먹었잖아."

"그치마안~!"

"그것 말고는 할 수 있다는 거니까!"

"나는 훨씬 심하거든."

세가와가 흐리멍덩하게 말했다.

슈바인에 대해서는 뭐라 적혀 있을까.

공격에 너무 몰두해서 대미지를 엄청 받는다. 그다지 피하지 않는다. 어둠의 색도 피하지 않는다. 상황에 따라서는 없는 편이 안정적일지도.

"너 이제 레이드 오지 마라."

"잠깐?! 나도 반성하고 있어! 오늘부터 고칠 테니까!"

"정말이야? 괜찮아?"

"믿어줘! 여기까지 함께 해온 나를 믿어줘!"

"정말이지, 이번뿐이라고?"

"고마워! 정말 고마워!"

"저기저기, 그 콩트 계속 이어져?"

"아니, 슬슬 만족해."

"충분해."

"사이가 좋네요."

개그를 하지 않으면 세가와가 너무 불쌍하니까.

"근데 루시안도 적혀 있는데요."

"어, 나는 뭐라고 적혀 있는데?"

루시안에 대해서 메모된 것은—.

가끔 채팅사(死)하니까 입 다물고 있었으면 좋겠다.

"이제 두 번 다시 떠들지 않겠습니다아아아아아아!"

"맞아! 절대로 입 열지 말라고!"

"아니야! 입 다물고 필사적으로 게임하기를 바라는 게 아니라! 일단 신경 쓰이는 점을 말이지?!"

와글와글 떠드는 사이—.

"좋은 아침~. 뭐해?"

너무 떠들었는지 반 여자들이 모였다.

"좋은 아침~. 있지, 작전을 조금 말이지~."

"좋은 아침이에요."

세테 공략 노트
제2단계!

◉ **메인 타깃**
루시안과 고양이공주 씨

◉ **랜덤 타깃**
모두!

어둠의 날개
어둠의 색으로 빛난다!
어둠이 풀려난다!
8×3개 위치에 문장
머리 위에도 문장
그에 맞춰 이동하지 않으면
큰 대미지!

소환
마군의 왕이 부하를 소환했다! 라고 뜬다!
평범하게 강한 것들이 엄청 나온다!

더블 팽
중간 대미지×2
평범하게 위험하다

쇼크웨이브 샤우트
전방 180도
큰 넉백
회피에 집중하고 버프를
잊지 말자!

**어둠이야말로 빛
빛이야말로 어둠**
빛이 있다면 어둠 또한 있으리니, 라고 함
근거리가 특기인 사람은
근거리 공격이, 원거리 공격이
특기인 사람은 원거리 공격이
반사되고 만다

진 드래곤 임팩트
특대 대미지
쇼크웨이브에
집중하고 있으면 즉사!

통상공격×n
평범하게 아프다.

용의 마핵
폭발할 때까지 부수지 않으면 한 방에 전멸!
한 점에 집중한다, 라고 뜬다!

루프
나머지 HP 10%까지!

하고 있는 쪽은 지옥이야.

여기 어렵네~.

"……좋은 아침."

세가와는 「그냥 있었을 뿐입니다」라는 표정을 지었다.

그럼 나는 이만 슬쩍 자리에서 이탈해서—

"아, 선거 작전? 입후보했다고 그랬지? 응원할 테니까, 열심히 해줘!"

"……어?"

"응?"

"네?"

뭔가 듣고 싶지 않은 말이 들려왔는데…….

"선거라니, 뭐야?"

"어? 그야 나나코, 학생회장에 입후보한 거 아냐?"

"무슨 소리야?!"

"1층 게시판에 적혀 있었는데?"

"……."

"……."

아코와 얼굴을 마주봤다.

이거 혹시, 그 사람의 짓이 아닐까?

"세테 씨!"

"아무튼 보러 가보자!"

"으, 응. 잠깐 미안해!"

"잠깐잠깐, 나도 갈래!"

넷이서 서둘러 1층으로 향했다.

매일 지나치는 게시판에는 학생회 선거 공표, 라고 적힌 종이가 붙어 있었다.

입후보자도 벌써 나왔는지, 몇 명의 이름이 추가되어 있었다.

학생회장 입후보자 중에는 두 사람의 이름이 있었다.

한 명은 타카이시.

그리고 또 한 명은—.

"2학년 5반, 아키야마 나나코……."

아키야마는 멍하니 그것을 읽었다.

"이거 나잖아!"

그렇겠지!

"나나코, 입후보 같은 거 했었어?"

"아, 아냐아냐! 나 입후보 같은 거 안 했어!"

아키야마가 황급히 부정했다.

그렇겠지. 달리 어울리는 사람이 할 거라고 했었고.

"왜 입후보도 안 했는데 이름이 실려 있는 거야……?"

"뭔가의 실수인가?"

"선생님한테 말해 둘까?"

세가와와 아키야마는 의아해하고 있지만, 나와 아코는 알고 있다.

이건 분명 범인이 있다.

"아코, 이건 아마……."

"……그렇겠죠."

그래, 아마 범인은—.

"음, 내가 한 거다."

"인정했다!"

현 학생회장인 마스터는 간단히 죄를 인정했다.

"내가 입후보 의견을 받았다는 걸로 기재해둔 거다!"

마스터는 부실 중앙에서 당당하게 가슴을 폈다.

"이렇게나 미안해하지 않는 범인이라니."

"이렇게 나오니 용서해버릴 것 같은 기분이 드네요."

"아니, 용서하면 안 되잖아! 뭐하는 거야, 마스터."

"맞아. 본인이 입후보하지 않았는데 멋대로 적다니."

"괜찮다. 입후보한 걸로 해뒀다."

"사문서 위조!"

점점 죄가 쌓여가잖아!

"문제없다. 사후 승낙이다!"

"승낙하지 않았어!"

아키야마가 양손을 붕붕 내저었다.

"나, 학생회장 하고 싶다고 말한 적 없는데?!"

"음, 그랬지."

마스터는 고개를 끄덕이고는 천천히 아키야마에게 다가
갔다.

"들어봐라, 세테. 어제 파티에서 나는 깨달았다. 제어되지 않는 집단만큼 무익한 것은 없다고."

"으, 응?"

"그리고 너라면 그 지도자가 될 수 있다고!"

그녀의 어깨에 손을 툭 올린 마스터가 뜨거운 열정이 담긴 목소리로 말했다.

"나는 네게, 내 뒤를 이어주기를 바라는 거다!"

"에에에에에엑?!"

오오, 직구 승부로 나갔네.

가능하면 그 말, 멋대로 입후보시키기 전에 말해줬으면 했어!

"그, 그렇게 말해도……."

"어떠냐, 해주지 않겠나?"

"이야기가 너무 갑작스러워서 잘 모르겠거든?!"

"저렇게 당황하는 아키야마는 오랜만에 보네."

"귀엽네요."

"너희는 왜 누그러지고 있는 거야?!"

"세테 씨의 문제니까요."

"제삼자가 떠들어대는 것도 이상하잖아."

피해자는 아키야마니까, 우리가 잘난 척 나서는 건 이상하고.

"그저 마스터는, 나중에 선생님한테 설교를 받게 하자."

"그러네요."

"뭐, 라고······?!"

마스터의 등이 움찔 떨렸다.

그야 멋대로 입후보 같은 걸 했으니 설교감이지.

"설교는 넘어가고, 쿄우 선배는 왜 내가 회장인 게 좋다고 생각해?"

"애초에 세테라면 이 학교를 보다 발전시킬 수 있으리라 생각하고 있었다만, 어제 지휘관을 하는 모습을 보고 확신을 얻은 거다. 세테라면 나를 넘을 수 있다고."

"게임이 이유야?!"

"좋은 지휘관이었으니까."

"확실히 세테 씨라면 가능할 것 같네요."

"게임하고 현실은 다르다고!"

그건 내 대사인데?!

농담은 넘어가더라도, 마스터와는 다른 방향으로 좋은 회장이 될 것 같다는 건 확실하다.

"그런고로, 괜찮다! 해다오!"

"괜찮은 요소가 없는데?!"

정론이었다.

"그보다 쿄우 선배는 그렇게 무리하게 밀어붙이는 타입이었어?!"

"세테 네가 말하지 않았나. 친구에게는 정면으로 부딪쳐보라고!"

"내 탓이었어?!"

자업자득이라니까.

"그, 그래도 료카 같은 경우는 벌써 입후보했고…… 어, 어쩌지?"

아키야마는 곤란한 표정으로 이쪽을 바라봤다.

이건 우리가 정할 게 아니라고 생각합니다.

"마음대로 해, 라고밖에 말할 수 없네."

"세테 씨가 하고 싶은 대로 해요."

"마음대로 하라고 해도……."

그렇게 고민할 정도라면 해봐도 좋을 거라 생각하는데?

전에도 은근히 내키는 분위기였고, 사실은 회장 하고 싶은 걸지도……?

"세테 네가 싫다면, 내 실수라고 하고 철회하마. 이력에 상처가 날 일은 없겠지. 사양할 것 없다."

"아니, 싫다는 건 아니지만……."

아키야마는 양손을 앞으로 내밀었다.

"아무튼 잠깐 보류로!"

"보류라니, 즉답할 수 없다면 그냥 거절해."

"그치만 사퇴해버리면, 다시 또 입후보할 수는 없는 거잖아?"

"그렇긴 하지만……."

세가와는 턱에 손을 대고 한숨을 내쉬었다.

세가와, 왜 저렇게 지친 표정일까.

"전망이 있다는 건가."

마스터는 음 하고 고개를 끄덕였다.

"그럼 선거일까지 의욕을 내게 만들어 줘야겠군!"

"그런 이야기가 아니라~!"

"큰일인 것 같네요."

"레이드로 바쁘니까, 그냥 포기할 거라 생각했는데."

"지휘관 역할을 잘 하는 걸 보고 말았으니까요."

진지하게 게임을 했을 뿐인데 불쌍하게도…….

"마스터도 귀찮은 소리를 하네."

"세가와 넌 싫은 걸로 보이네."

아키야마가 걱정인 걸까?

저 녀석이라면 하고 싶은 대로 할 거라 생각하는데―.

"나나코의 나쁜 버릇이 나오지 않으면 좋을 텐데."

"나쁜 버릇?"

"뭐, 됐어."

세가와는 손을 휘적휘적 흔들고는 책상을 톡톡 두드렸다.

"아무튼 보류잖아. 이제 부활동 시작하자."

"그래야겠군."

"우우, 어쩌지……."

아키야마는 조금 곤란한 표정으로 자리에 앉았다.

"싫으면 거절하면 되잖아요."

"정말로 싫은 건 아냐."

"그럼 하고 싶은 거야?"

"하고 싶은 것도 아냐."

아코 같은 소리를 하네.

참으로 애매모호한, 아키야마답지 않은 태도였다…… 아니, 아키야마답지 않은 건 아닌가?

애매한 말을 하거나, 흐지부지해버리는 경우가 많은 사람이고, 이번에도 뭔가 생각하는 바가 있는 걸지도 모른다.

"어느 쪽이 되든 우리는 협력할 테니까."

"맞아요. 세테 씨."

"응, 고마워."

그녀는 뺨의 힘을 조금 풀었다.

"내가 회장이 되면 두 사람도 같이 학생회 들어와 줄래?"

"절대로 안 해."

"무리예요."

무슨 무서운 소리를 하는 거야, 이 녀석은?!

"협력해주는 거 아니었어?!"

"렙업이라든가 그런 건 도와줄게."

"장비 같은 것도 만들 테니까요."

현실 쪽은 몰라.

나와 아코한테 학생회를 시키면, 『제대로 해보자』 작전처럼 되어버릴 테니까.

"다들 미덥지 않아……."

"그런 제대로 된 걸 부탁해도 곤란해."

기본적으로 글러먹은 인간이라서.

"정말~, 모처럼 모두 함께 학생회를 할 수 있을 거라 기대했는데~."

"우리도 한다면 회장하겠다는 말은 하지 말라고요?"

"안 해, 안 해."

아키야마는 살짝 한숨을 내쉬었다.

"게다가 내가 나가더라도, 평범하게 제대로 된 사람이 당선될 테니까. 그렇게 신경 쓸 건 없다고 생각하긴 하지만……."

"과연 그럴까?"

"쿄우 선배도, 진심으로 하는 말은 아닐 테고."

"그것도 과연 그럴까?"

진심이 아닌 사람을 멋대로 입후보시키지는 않을 텐데?

태평해 보이는 아키야마에게 조금 불길한 예감을 느끼면서, 오늘도 부활동을 시작했다.

"그런데, 뭘 하나요?"

"물론, 예습이다. 제2단계와 최종단계지."

"공부는 싫어요!"

†††　†††　†††

공부를 마치고 귀가하는 중.

선거에 대해 조금 상의를 하겠다는 마스터와 아키야마를 남겨두고, 아코, 세가와와 셋이 함께 돌아가는 길이다.

"그럼 너희는 전부터 들었던 거네."

"본인에게 확인을 해본다고 했었으니까."

그런데 어제 능숙하게 지휘해서 분위기를 타버린 거겠지.

"뭐, 아키야마도 싫으면 거절하겠지."

"글쎄~."

내가 편하게 말하자, 세가와는 가방을 살짝 흔들며 말했다.

"나나코, 남의 부탁을 강하게 거절하지 못하거든."

"어?"

"그런가요?"

"그래. 자기하고 상관없는 아무래도 좋은 일을 도와주거나, 이상한 일에 말려들기도 한다니까?"

전혀 그렇게 보이지 않았다.

"그런 이미지는 없었는데?"

"그러게요."

"이미지가 없었다니…… 나나코가 뭔가를 거절한 적 있었어?"

아키야마가 뭔가를 거절한 적, 이라…….

"……있는데."

"아마 있을 거예요."

"……어라?"

세가와가 고개를 갸웃했다.

"어? 그래? 있어?"

"집을 만들기 위해 할당량을 정해서 돈을 벌려고 했을 때 도망쳤잖아."

"입부하지 않아도 된다고 했는데도 입부했고요."

"아아, 그런 일이 있었지."

애초에 말이지—.

"그렇게 아키야마한테 부탁한 적이 많이 없다고."

"그렇죠."

"……그러고 보니 그러네."

야, 네가 시작한 이야기잖아!

"뭐, 너희는 조금 특별하잖아. 여러모로 이상하니까."

"너무해요."

"세가와 너도 동류잖아."

"부정은 하지 않겠지만."

세가와는 쓴웃음을 지으며 말을 이었다.

"그래서 친해졌다고 생각하거든."

그러면서 발밑의 돌을 툭 걷어찼다.

"다른 애들하고 같이 있으면, 뭘 하더라도 나나코는 어떻게 생각해? 나나코는 가고 싶어? 나나코는 하고 싶어? 라는 느낌이라고. 그렇게 정한 것도 아닌데, 자연스레 나나코가 리더가 되는 느낌이니까."

"그건 알고 있어."

"세테 씨의 의견은 대부분 통하니까요."

본인에게 그럴 마음이 없더라도 멋대로 중심에 들어가는 사람이 있지.

그 녀석은 그쪽 레벨이 엄청 높다.

나도 함께 게임을 하기 전까지는 그 녀석이 하는 말을 예예~ 하고 듣고 있었으니까.

"하지만 우리 쪽에서 보면 게임 지식이 없는, 아직 초보자인 나나코잖아? 그래서 그다지 의지하거나 부탁하지 않았고, 오히려 끌고 다닐 정도였던 거지."

"그러게요."

점점 의지할 수 있게 되기는 했지만.

"그래서 편하게 찾아오고, 이렇게 부원까지 됐다고 생각해."

"그런가……. 우리는 아키야마에게 부탁 같은 걸 하지 않으니까 잘 몰랐던 건가……."

신경 쓰지 않았던 만큼, 중요할 때 문제가 생긴 건가.

하지만 아키야마에게 부탁이라…… 캐릭터가 동결되었을 때 돈을 빌려달라고 부탁하기는 했지만…… 앗!

"그러고 보니 한 번 있었네, 아키야마에게 무리한 걸 강요

했던 적이 말이야."

"마스터의 맞선 때 말인가요?"

"그래, 그거그거~."

실제로는 맞선이 아니었지만.

정월에 마스터가 맞선을 본다고 해서 모두 함께 들이닥쳤을 때.

우리는 뭐, 야단을 맞고 「죄송합니다」라고 하면 그치는 범위였지만, 아키야마는 아버지의 이름까지 멋대로 꺼내면서 어떻게든 해 주었다.

그거, 잘 생각해 보면 이상한 일이었지.

"그렇게까지 해주지 않아도 됐을 텐데."

"애초에 세테 씨는 부르지 않았었으니까요."

"그런 아이라니까."

하지만 아키야마라…….

잘 생각해 보면, 그 아이에 대해서는 정말로 아무것도 모른다.

"아키야마는 뭘 하는 사람일까?"

"수수께끼네요."

"너희 말야, 아무것도 못 들었어?"

"왠지 그럴 기회가 없어서……."

"기회가 있어도 피하고 있었고요."

세가와는 나와 아코를 빤히 바라보며 말했다.

"정말로 친구인지 의심스러워지네."

"아니, 아니, 친구이긴 하다고. 안 그래? 아코."

"하지만 저, 이번 달 친구비, 아직 안 냈는데요?"

"나도 아코한테 아직 안 받았어."

"에엑?! 어, 얼마인가요?"

"자기가 농담 해놓고서 내려고 하지 말라고."

아코의 뒤통수를 툭 두들긴 세가와가 쓴웃음을 지었다.

"뭐, 내가 말하는 것도 이상하니까, 직접 들어."

"아키야마는 뭔가 특수한 점이 있어?"

"그러니까 그건 본인한테 물으라고."

그야 그렇지만…….

아무래도 대놓고 그런 걸 묻기가 무섭다고나 할까…….

"하지만 어떻게 될까? 이대로 가면 마지못해 회장이 되어 버릴 것 같은데."

세가와가 으~음 하고 하늘을 올려다보며 말했다.

"마스터를 막는 편이 나을까? 학생회장으로서의 마지막 희망이니까, 그다지 억지로 막고 싶지는 않지만."

"마스터에겐 미안하지만, 마지못해 하는 건 딱하잖아."

"그래도……."

아코가 드물게도 복잡한 표정으로 입을 열었다.

"잘 말할 수는 없지만, 이건 뭔가 아닌 것 같아요."

"뭐가?"

"저기…… 마지못해 회장을 하는 세테 씨가 상상이 안 된 다고나 할까……?"

"확실히!"

"그렇게 말하니까 그러네."

세가와도 쓴웃음을 지었다.

"뭐든 즐겁게 하는 애니까, 학생회장도 웃으며 할지도 몰라."

이것저것 말하고는 있지만, 결국 우리 문제는 아니다.

아키야마는 보류라고 했으니까…….

"뭐, 위험해지면 실력으로 막겠어."

"실력 괄호 물리."

"실력이란 시점에서 벌써 물리잖아."

"물리는 그만두자."

마스터는 말하면 이해하는 사람이니까.

††† ††† †††

"어서와~."

"다녀왔어."

집에 돌아오자 오늘은 의자에 앉은 미즈키가 기다리고 있 었다.

기다리고 있었다— 응, 일부러 앉아서 기다리고 있었다고 생각한다.

그렇다면 뭔가 이야기가 있는 건가 했는데—.

"오빠, 오빠."

"뭐야, 뭐야."

이것 봐, 예상대로잖아.

무슨 이야기인가 싶어 바라보니, 미즈키가 진지한 표정으로 물었다.

"오빠네 부활동에, 예쁜 사람이 있잖아?"

"그래선 누구인지 전혀 모르겠는데?"

예쁘지 않은 부원이 누군지 짐작도 안 간다만.

"……."

미즈키도 그 점을 깨달았는지, 조금 굳어진 표정으로 말했다.

"……그렇게 생각하니까 그 부활동 굉장하네."

내가 너무 안 어울려서 무서워.

"차라리 나도 감염돼서 미소녀가 됐으면 좋겠다."

"나도 입부하면 귀여워질까?"

미즈키가 농담이라고 생각하기 힘든 표정으로 물었다.

"너 그거 절대 교실에서는 말하지 마라. 괴롭힘 당한다고."

"우리 반에 괴롭힘 같은 건 없는걸."

"그 한 마디로 괴롭힘이 시작되더라도 이상하지 않을 만큼 밉살스런 발언이었어."

아코나 부원들 탓에 여자들의 대화에 끼는 경우가 있어서 점점 알아가고 있는데, 노 메이크업, 노 세팅, 머리는 자다가 막 일어난 부스스한 상태로도 평범하게 귀여운 아코나 미즈키는 조금 이상한 수준이다.

절대로 큰소리로 귀엽지 않다는 말을 해서는 안 된다.

"진짜로 나랑 같은 피가 흐르고 있는 게 맞나? 왠지 유전자가 버그를 일으킨 게 아닐까."

"그 한마디로 오빠를 괴롭힐 것 같은데?"

미안, 그만둬.

가정 내 괴롭힘이라니, 집에서도 학교에서도 있을 곳이 없어진다고.

"그래서 결국 누구 이야긴데?"

"어어, 굉장히 반짝반짝~한 사람."

"아키야마인가?"

"아, 맞다, 맞다! 그랬었어!"

그보다 미즈키가 아직 익숙하지 않은 사람은 아키야마밖에 없었다. 다른 세 사람은 집에 데려온 적이 있으니까.

"그 녀석이 왜?"

"친구한테 들었는데, 선거에 나가는 거지?"

"나간다고나 할까, 안 나간다고나 할까…… 일단 나가긴 하겠지만……."

본인도 미묘한 느낌이라 이쪽도 곤란하다고.

"하지만 왜?"

"그게, 저번에 이야기한 친구가 입후보했는데, 그 사람한테는 이길 수 없을 것 같다며 고민에 빠져서……."

"확실히 적으로 돌리면 힘든 상대일지도……."

외모로 압도하는 데다, 토크도 잘 하고, 얼굴도 꽤 많이 알려졌다. 평범하게 선거를 하면 당선될 것 같기도 하다.

"어떻게든 응원해주고 싶은데……. 저기, 그 선배, 뭔가 약점 같은 거 없어?"

"으음…… 밀어붙이면 약하다, 라든가?"

"그런 게 아니라, 좀 더 선거에 통할 것 같은 약점."

"스캔들을 찾고 있는 거냐. 없어."

"없어?"

왠지 집안도 좋아 보이고, 남의 험담을 하는 걸 들어본 적도 없고, 남자의 그림자도 보이지 않고, 어떻게 해볼 여지가 없다.

"사각(死角)은 없어?"

"없습니다. 무적입니다."

"우우, 오빠는 도움이 안 되네."

"무슨 소리야~. 내가 진심으로 나서면 입후보를 그만두게 만드는 것도 불가능하지는 않거든?"

노력하면 설득할 수도 있을 것 같다.

하지만 미즈키는 곤란한 표정으로 말했다.

"그러다가 나중에 들켰다가는, 정말로 싸우게 될 거야."

"올곧은 아이네."

"그렇지 않으면 1학년인데 학생회장을 노리지 않겠지."

그야 그런가.

교문에 서 있던 그 아이라면, 뒤에서 사퇴시켰다는 걸 알면 자기도 사퇴할 것 같다.

"단지 아키야마는 멋대로 입후보하게 된 것뿐이니까 그다지 의욕이 없단 말이지."

"그럼 찬스는 있는 거야?"

"그럴걸? 성실하게 노력하면 되지 않을까?"

"응, 그렇게 전해줄게."

고마워~ 라고 말한 미즈키는 휴대전화를 톡톡 만지기 시작했다.

또 남의 귀찮은 일에 고개를 들이밀다니, 누구를 닮았는지 원……

……내가 아니라고 단언할 수는 없었다.

"역시 닮은 건가……"

그렇게 생각하면서 방으로 향하다, 문득 생각했다.

그 사람은 무적입니다, 라고 말했지만……

학생회장을 해다오, 라는 부탁을 받고 어쩌지, 어쩌지~ 하고 곤란해 하던 아키야마는, 도저히 무적으로 보이지 않았다.

어쩌면 진짜로 곤란한 거 아닐까?

조금 걱정이 되지만…… 일단은 눈앞의 적이 우선이다.

나도 열심히 해서, 제2단계를 돌파해야지.

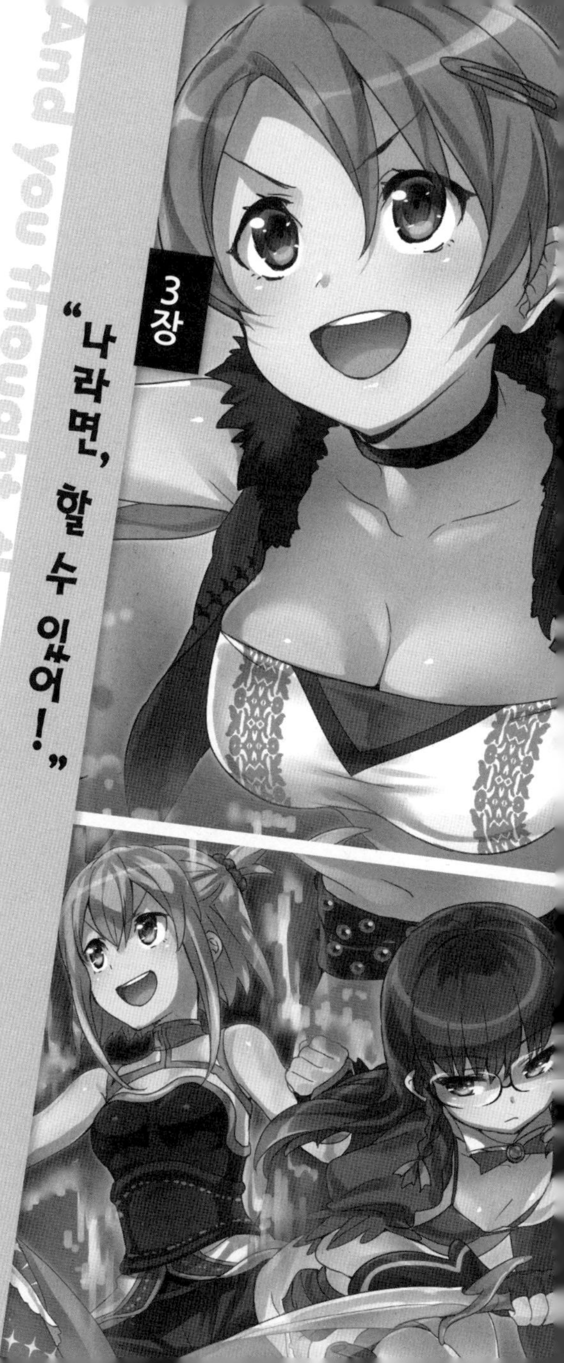

3장

“나라면, 할 수 있어!”

And you thought there is Never a girl online?

▶세테 : 남은 HP 15퍼센트, 이제 조금 남았어.◀

◆루시안 : 좋았어, 최종단계 가자!

◆아코 : 페어서클 들어가요!

◆고양이공주 : 영차, 다냐.

◆슈바인 : 에이잇, 빨리 깎여!

◆미캉 : 마핵 부서졌어요.

◆슈슈 : 이제 아수라 넣을게!

▶세테 : 이제 10퍼센트, 최종 들어갔어!◀

좋았어! 왔다! 마침내 최종단계!

도전을 시작한 지 일주일 남짓 지나서, 이미 클리어한 파티도 많이 나왔다.

거기서 나온 정보로 앞으로의 행동은 알고 있다.

그래— 이렇게 된다.

▶알케쉬 딥 드래곤의 마력이 폭주하기 시작했다!◀

▶마군의 왕이 부하를 소환했다!◀

▶마군의 왕이 심판을 내리려 하고 있다!◀

▶알케쉬의 힘이 한 점에 집중된다!◀

▶알케쉬의 눈동자가 요사하게 빛난다!◀

우와아아아아아! 화면이 끔찍하게 변했어!

알고는 있었지만 터무니없네!

◆바츠 : 왔다! 왔다! 신 군마 러시!

◆†검은 마술사† : 모두 알고 있는 기술이야. 분명 피할수 있어.

말은 그렇게 해도 이건 너무 한꺼번에 오잖아!

◆아코 : 이게 뭔가요~!

▶세테 : 채팅치지 말고 피해!◀

◆슈바인 : 베이비 없는데 어떻게 데미저를 피해!

◆루시안 : 잡몹이 소환됐잖아! 그 뒤로 가!

◆애플리코트 : 게다가 제한시간도 나왔다. 앞으로 300초!

◆슈슈 : 5분이나 되면 괜찮⋯⋯겠지?

◆미캉 : 마핵 나와요.

▶세테 : 다들 조금만 더 힘내!◀

▶세테는 승리의 길을 가리켰다!◀

세테 씨가 모두가 지시를 따르면 쌓이는 CP로 전체 버프를 켰다.

효과는 낮지만 전체의 딜을 올릴 수 있는 귀중한 버프다.

◆애플리코트 : 승리 버프가 도는 1분 안에 끝내자!

◆슈바인 : 디버프가 오기 전에 어떻게든⋯⋯.

▶알케쉬 딥 드래곤의 날개가 어둠의 색으로 빛난다!◀

◆알케쉬 딥 드래곤 : 빛이 있다면 또한 어둠도 있으리니─.

말하기가 무섭게 디버프에 걸렸다!

◆슈바인 : 근거리 공격을 못해! 이래선 깎을 수가 없어!

◆고양이공주 : 아코, 힐 사이에 엑스댐을 끼워 넣는 거다냣!

◆아코 : 회복만 해도 못 따라가요!

◆루시안 : 잡몹이 내 쪽으로 오고 있어서 대미지가 버거워!

◆코로 : 이렇게, 적 앞을 가로막아서 시간을 벌면 괜찮긴 한데.

◆고라이오 : 스모 게임 시작됐네.

◆바츠 : 반대로 본체를 끄트머리까지 밀라고.

그건 다른 게임이거든?!

▶세테 : 극딜기 남은 사람 없어? 조금만 더, 조금만 더 하면 되니까!◀

◆슈슈 : 아수라 아직 쿨인데요!

◆슈바인 : DB 앞으로 30분은 못써!

▶어둠이 풀려난다!◀

◆애플리코트 : 큭, 피할 수가 없다!

필드에 대폭발이 일어나고, 도전자가 일격에 쓸려나갔다.

젠장, 이제 조금만 더 했으면 됐는데!

"분명히 이제 조금 남았을 거야."

"최종단계니까!"

"근데 그 최종이 힘들단 말이지."

아침부터 우리는 지휘관 세테 씨의 자리에서 공략 노트를 펼치고 있다.

최종단계까지 오기는 했지만, 아직 클리어는 하지 못했기 때문이다.

"최종단계는 신 군마 러시, 지금까지 해온 공격을 전부 쓰는 거네."

"처음에 한꺼번에 쓰니까, 거기서부터 벌써 힘들어."

"전부 피하는 법은 기억하고 있긴 하지만."

남은 HP 10퍼센트 이하, 최종단계에서는 지금까지 쓴 모든 공격을 사용한다.

석화도 쓰고, 잡몹을 소환하고, 데미 저지먼트로 즉사시키고, 맵 바깥까지 날려버리는 빔을 쏘고, 바닥에 큰 구멍을 뚫는 미니 미티어를 쓰고, 파괴하지 않으면 일정 시간 후에 폭발하는 마핵이라는 것도 만들고!

"무엇보다 어둠의 날개가……."

"그게 있으니까 강제로 밀어붙이려 해도 죽는단 말이지."

다른 아이들이 다가오지 않는지 힐끔힐끔 살피던 세가와가 말했다.

그렇다니까. 남은 10퍼센트라고 해서 억지로 쓰러뜨리려고 하면 날개가 어둠의 색으로 빛나면서 괴멸당한다니까. 세명이 실패하면 그냥 전멸이라 마지막에서 막히고 있다.

"으음, 잠깐 다들, 다른 직업에 대해 알려주지 않을래?"

세테 공략 노트
최종단계!
진 군마 러시

크래시 테일
쇼크웨이브 샤우트
딥 퍼니시
진 드래곤 임팩트
그라인드 스톰
더블 팽

둔화!!
날아간다!!
버프가 사라진다!
아프다!
범위!
두 번!

지금까지의 모든 행동을
루시안에게 연타!

힐이 못 따라가요~!

고양이공주 씨에게 맡겨두라냐~.

소환
데미 저지먼트
용의 마핵
페트라 웨이브

마력이 폭주한다!
부하를 소환한다!
심판을 내린다!
한 점에 집중한다!
요사하게 빛난다!

지금까지의 모든 행동을
랜덤으로 연타!

내 아이템에게 맡겨라!

작전 : 모두 힘내자!

과금은 안 돼~!

그때, 아키야마가 공략 노트에 펜을 올리고 말했다.

"다른 직업?"

"응. 길드에 없는 사람의 직업. 모두가 뭘 할 수 있는지, 제대로 알아둬야지."

"아아, 그런가."

확실히 이 길드에 없는 직업이 꽤 많다.

"예를 들면 어떤 거?"

"아처라든가. 미캉이 활을 쏘는 건 알고 있지만, 그것밖에 모르거든."

"아아, 아처는 말이지……."

내가 설명하려고 했지만―.

"아처는 짜증나지."

갑자기 세가와가 가로막으면서 뭐라고 내뱉었다!

"잠깐, 왜 그래? 세가와."

"그치만 아처 짜증나잖아."

세가와는 불쾌한 듯이 팔짱을 끼며 말을 이었다.

"원거리라서 찔끔찔끔 공격하고, 그냥 공격을 계속 하니까 일단 DPS가 나올 뿐인데도 잘난 척하기는. DPS가 낮은 사람이 기믹 하라고? 공격하는 동안의 DPS를 보면 근접이 훨씬 더 잘 나오니까, 원거리가 하란 말이야. 네가 공격을 조금 멈춘다고 해서 딜량이 크게 변하지는 않는다고!"

"진정해, 세가와! 그 직업, 후배가 하고 있다고!"

"미캉은 전혀 나쁘지 않아요!"

"하, 하긴, 그랬지."

쓰읍~ 하아~ 심호흡을 한 세가와가 다시금 말했다.

"아처는 짜증나지."

"고쳐지지 않았어어어어어!"

"농담이야, 농담."

어디부터 어디까지가 농담인데?!

처음부터 농담이라는 걸로 괜찮겠냐?!

"아처 계열도 전직에 따라 여러모로 다르지만, 뭐, 기본은 원거리 공격이야."

"응, 그건 보면 알아."

"전직을 반복하면 총을 들거나 크로스보우를 들기도 하지만, 기본은 역시 활이지. 그리고 다들 한손검 정도라면 장비할 수 있어."

"흠흠. 어떤 스킬이 있어?"

"직접 맞아본 적 있는데, 스나이핑 헤드샷 같은 거라든가."

아아, PvP 구역에서 맞았었지.

"스나이핑 시리즈는 이것저것 있어. 스나이핑 라이트 암 같은 걸로 적을 행동불능으로 만들기도 하고."

"스나이핑 레그는 이동 불가로 만들기도 해."

"행동불능, 이라……. 그럼 다음!"

아처에 대해서 메모를 적은 아키야마가 다시 펜을 들었다.

"버퍼인 댄서는 어때? 전에 아카네가 했었지?"

"응, 서브로 했었어."

"돼지공주님이네."

"그 호칭은 그만두라고 했잖아."

"그래서, 뭘 할 수 있는데?"

"이것저것 할 수 있어."

대답하려던 세가와의 뒤에서, 슬그머니 검은 그림자가 나타나 끼어들었다.

"힐은 못하지만요~."

"어, 어라? 아코?"

"버퍼라는 위치는 잘 모르겠다니까요. 버프라면 그냥 힐러도 쓸 수 있고, 비슷한 지원이 가능한데, 힐을 못하다니 어딜 봐도 열화 힐러잖아요. 그런데 조금 강한 버프가 있다고 해서 필수라는 표정이나 짓고. 아무리 생각해도 힐러를 늘리는 편이 더 안정적이라고요."

아코답지 않은 긴 연설을!

"너, 그렇게 버퍼한테 안 좋은 생각이 있었어?!"

"딱히 그렇게 싫어하는 건 아니지만, 그냥 필요 없다 싶어서요. 회복도 못하는데 지원만 해서 즐거운가요?"

냉정한 말투가 오히려 무서워!

"진정해! 즐거움은 사람마다 다르잖아!"

"버퍼가 있더라도 힐러의 가치는 떨어지지 않아!"

"그, 그랬었죠. 죄송해요, 조금 흥분했어요."

"아무튼 재수인간 씨는 재수생이지만 나쁜 버퍼가 아니니까 용서해주자."

상인 계열이라 아이템도 갖고 있어서, 꽤나 도움이 되고.

예전에 전직 아이템을 받은 은혜도 있고 말이지.

"나머지는 어어…… 몽크는 어때? 미즈키가 하잖아?"

"몽크, 라……."

몽크는 그게, 뭐랄까, 미묘하단 말이지.

"강하지? 내구력도 있고, 공격도 하고, 회복도 하고, 지원도 할 수 있잖아?"

"그야 할 수는 있지만……."

"차라리 다들 몽크라면 무적일 텐데."

뭐라고?

그건 잠자코 듣고 넘길 수 없는데? 아키야마.

"다들 몽크라면 무적이라니, 그럴 리가 없잖아."

"그래?"

"당연하지. 몽크계는 그야 만능이지만, 결국 솔플을 전제로 해서 만능이 되는 빌드일 뿐이야. 혼자서 쓰러뜨릴 수 없는 많은 적은 끌어들일 수 없고, 딜은 최저고, 자기회복도 미약해. 그런 주제에 금강이라는, 탱커보다 단단해지는 기술이 있다고 탱커는 필요 없다는 듯이 나선다니까. 파티에 필요 없는 건 솔로 직업 쪽이라고. 특화되지 않은 전열은 안

불렀어. 특화해서 오라고, 특화해서!"

"루시안! 냉정해지세요!

"네 여동생이거든?!"

헉! 그랬지, 이거 미즈키의 직업이었지.

"미안, 무심코 본심이······."

"보, 본심이구나."

왠지 몽크는 전문 탱커를 얕잡아보는 기분이 든다니까.

상황에 따라서 우수한 건 알지만, 메인탱이라면 나이트라고!

"어디까지나 몽크는 서브탱이야."

"응, 적어둘게."

아키야마는 순순히 서브 탱커, 라고 적었다.

"다른 특징은?"

"그야 그거지. 콤보 피니시의 그거."

"콤보만 쌓이면 일격필살인 아수라봉황각인가."

드래곤 브레스가 나오기 전까지 일격 대미지 톱은 그 스킬이었다.

물론 콤보를 쌓아두지 않으면 슬픈 위력이지만.

"아, 그 아수라! 라는 이름이 콰앙 나오는 거?"

"그래그래, 엄청 나오는 그거야."

"······대화의 IQ가 낮네."

"그럼 너라면 뭐라고 표현할 건데."

"······엄청 나오는 그거."

"IQ 낮은 사람밖에 없네요."

그런 건 엄청 나온다고밖에 말할 수 없잖아.

"이런 느낌인가?"

다 적은 아키야마는 고개를 끄덕였다.

"다들 말하는 게 조금 미심쩍으니까, 나중에 제대로 조사해볼게."

그렇게 해주십시오.

"그건 그렇고 다들, 의외로 다른 직업에 불만이 꽤 있네."

"그렇지는 않지만."

"근거리나 원거리는 서로를 짜증난다고 생각하는 걸로 정평이 나 있긴 하니까."

"직업 자체를 까는 경우도 있고요."

"고른 직업으로 혼나기도 하는 거야?"

응, 유감스럽게도 그런 일이 있기도 하다.

"예를 들어 예전에, 『드루이드로 전직했는데 어느 스킬을 익혀야 좋을까요?』라는 질문이 전체 채팅으로 나왔었거든."

"……무슨 대답이 나왔는데?"

"캐삭."

"캐삭."

"캐삭."

"그거 심하지 않아?"

직업 까기는 온라인 게임의 어둠 중 하나니까.

"그런 건 좋지 않아. 다들 좋은 점을 찾아서 제대로 쓰지 않으면 못 이기니까."

그렇게 말하는 아키야마에게 옆에서 다른 여자가 말을 걸었다.

"나나코, 작전회의?"

"아, 응."

"그렇구나. 이제 곧 선거니까~."

앗, 선거 이야기라고 생각하고 있어!

그야 그런가. 학교에서 게임 공략에 대해 토론한다고 생각하지는 않겠지.

"아, 아하하……."

세테 씨도 곤혹스러운 표정이다.

"여러 사람이 많이 입후보했지만, 우리는 나나코를 응원할 테니까! 힘내!"

"응…… 어라?"

그 말에 아키야마가 미소를 멈췄다.

"많이? 저기, 1학년의 타카이시하고, 부회장만 있는 거 아냐?"

"어? 부회장은 안 나간다던데?"

"에엑?!"

"그거 사실이야?"

"응, 다른 반 친구한테 들었어."

그녀는 질문을 한 세가와에게 고개를 끄덕였다.

"실은 자기한테 별로 맞지 않다고 생각해서 나가고 싶지 않았대. 하지만 입후보자가 없거나 1학년이 신임투표로 회장이 되는 건 좋지 않으니까, 책임감 탓에 나가야겠다고 생각했는데 아키야마가 나와 줘서 안심하고 입후보를 그만뒀대."

그녀는 싱글벙글 웃으며 아키야마의 어깨를 두드렸다.

"입후보해준 사람들 덕분에 살았다고 그랬다더라."

"어째서 그런 일이!"

그렇군. 마스터가 말했던 패기가 느껴지지 않는다는 건, 본인도 맞지 않다고 생각했기 때문인가.

억지로 나가지 않을 수 있게 되었으니 좋았던 건지도 모른다.

하지만 저기, 입후보자가 많이 나왔다니, 어떻게 된 거야?

"그럼 지금은, 그렇게 많은 사람이 입후보한 거야?"

"응. 열 명 정도는 나왔다고 생각하는데."

"열 명이나?! 어떻게 된 거야?!"

왜 그렇게 많이 입후보한 건데?!

††† ††† †††

"예상 외였다."

부실에서 팔짱을 낀 마스터가 괴로워하며 말했다.

"예년이었다면 학생회장 입후보자는 두세 명. 설마 한 반에 한 명씩, 열 명이나 입후보할 줄은 생각도 못 했다.”

“어째서 그렇게 나온 거야?!”

“그에 대해서는 이걸 봐다오. 어제 발행된 교내 신문이다.”

신문부가 내는 그거네, 어디어디…….

올해 학생회장에 대해서—

◆신문부 데스크(이하 데스크) : 올해 학생회장 선거, 묘하게 입후보자가 많네?

◆신문부원 A(이하 A) : 그 소문이 얽혀있기 때문이겠죠.

◆데스크 : 소문?

◆A : 작년 지정 학교 추천에서, 모 유명 대학의 정원이 늘어났다는 소문이에요.

◆데스크 : 그런 소문이? 그렇다면 입후보자는 추천을 바라보고 회장을 노리고 있다는 건가?

◆A : 아뇨. 대부분은 학생회장이 될 생각이 없어요. 올해에는 많이 나왔으니, 자신이 입후보해봤자 어차피 떨어진다. 그렇게 학생회장으로 입후보했지만 아깝게 떨어졌다는 이력을 원할 뿐이에요.

◆데스크 : 과연. 그거라면 노 리스크로 내신점수를 벌 수 있다는 건가. 너도 나가보면 어때?

◆A : 혹시나 당선되면 어쩔 건데요.

◆데스크 : 그때는 신문부의 예산을 늘려달라고(웃음).

호오, 그렇구만.

그런 거였나, 하고 옆자리의 아코를 바라보자—.

"루시안, 책상이 떠들고 있어요!"

"책상이 떠들 리가 없잖아."

"그럼 이 사람, 책상과 혼자서 대화하는 건가요?"

"아니, 데스크라는 건 책상이 아니라…… 아니 뭐, 혼자서 대화하고 있는 거겠지만."

중요한 건 그게 아니라—.

"내신점수 목적으로 대량 입후보라……."

"한심하네."

"받을 수 있는 거라면 받고 싶긴 하죠."

아코는 솔직하네. 나도 동감이긴 하지만.

"교사 측에서도 추천을 해주고는 싶지만 추천할 이유가 없어서 곤란하다는 이야기를 들었다. 이유를 만드는 건 중요하겠지."

마스터는 으그극 하고 분한 듯이 기사를 노려봤다.

"뭐, 활발한 것 같아서 좋잖아."

"솔직히 말해서 기쁜 마음도 있다만, 이런 의욕 없는 후보자들을 학생회장으로 만들 수는 없다!"

마스터는 교내 신문에 실린 후보자 중 한 명을 가리키고는 외쳤다.

"이 축구부원을 봐라. 공약이 축구부의 예산 100배 증액이라고! 이 무슨 어처구니없는 공약이냐!"

"말을 꺼낸 쪽이 승리자니까~."

"웃을 때냐, 세테! 이자들을 쓰러뜨리는 건 너의 역할이란 말이다!"

"에에엑?! 이렇게 많이 입후보가 나왔으니까 이제 나는 사퇴해도 되지 않을까?!"

"바보 같은 소리 마라. 여기서 사퇴하면 이 거품 후보자들하고 마찬가지 아니냐! 무엇보다도, 나는 세테에게 뒤를 맡기고 싶다!"

"그건 기쁘지만!"

그렇게 말하는 사이에 똑똑, 노크 소리가 들려왔다.

"어라? 누구지?"

"슈슈일까요?"

"미즈키는 오늘 조리부."

그보다 대부분 조리부에 가기 때문에 오는 날이 드물다.

"미즈키가 안 오는 날은 후타바도 안 오고……."

"그럼 누군데."

"열어보면 알겠지. 들어오도록."

마스터가 문을 열자―.

"실례합니다."

"어라? 료카."

들어온 이는 매일 아침 익숙한 얼굴, 학생회장으로 입후보한 1학년 타카이시였다.

"라이벌인 아키야마가 있는데, 무슨 볼일인 걸까?"

"설마 여기서 세테 씨를 없애 버리려고……."

"열 명을 한 명씩?! 그보다 어째서 조금 기쁜 듯이 말하는데?"

"어? 즐거운 듯이 말하려고 했었는데요."

"전혀 변하지 않았는데?!"

"아, 아하하하하."

아아, 정말, 후배가 굳어진 미소를 보이고 있잖아. 이상한 부라서 미안하다.

"미안, 타카이시."

"아, 아뇨."

고래를 내저은 타카이시는 마음을 다잡고 입을 열었다.

"같은 입후보자로서, 오늘은 아키야마 선배에게 인사를 하러 왔어요."

오오, 본격적으로 인사하러 온 건가?

정말로 올곧은 아이네.

"그랬구나. 미안, 내가 나중에 입후보했으니까, 내가 먼저 갔어야 했는데……."

"천만에요. 저야말로 인사가 늦어지고 말았네요."

두 사람은 서로 고개를 숙였다.

어느 쪽이든 진지하고, 학생회장에 어울리는 느낌이다.

"하지만 대립 후보의 부실에 오다니, 꽤 용기가 있구나."

마스터가 타카이시를 바라보며 말했다.

그녀는 순간 시선을 돌렸지만, 곧바로 아키야마를 돌아봤다.

"이렇게 말하면 이상할지도 모르지만, 선배가 나와 주셔서 영광이에요."

"그래?"

"네! 입후보한 사람은 많지만, 그중에서도 아키야마 선배는 다들 굉장한 사람이라고 그래서…… 그런 분하고 같이 선거에 나오게 돼서 기뻐요!"

타카이시는 반짝반짝 빛나는 눈동자로 말했다.

"고, 고마워……?"

아키야마도 평소였다면 마찬가지로 빛났겠지만, 왠지 어중간한 지금은 그 광채에 눌린 모양이다.

"선배에게 부끄럽지 않을 선거가 되도록 노력할게요! 잘 부탁드립니다!"

"응, 잘 부탁해."

"흠?"

타카이시를 만족스럽게 바라보던 마스터는 그녀의 어깨를 두드렸다.

"내가 밀고 있는 건 아키야마다만, 너도 꽤나 전망이 밝구나."

"정말인가요?"

"승리를 기원한다고는 말할 수 없다만, 건투를 비마."

"네! 회장님의 뒤를 이을 수 있도록 노력할게요!"

기쁜 듯이 말한 그녀는 이내 부실을 나갔다.

아키야마는 닫힌 문을 한동안 바라본 뒤 입을 열었다.

"쿄우 선배. 저 아이, 회장으로 엄청 좋을 거라 생각하는데?"

라이벌을 칭찬하고 있잖아, 이 사람.

"1학년임에도 누구보다 빨리 입후보하고, 매일 아침 인사를 하고, 대립 후보에게도 인사를 잊지 않는다라……."

마스터는 턱에 손을 대고 살짝 끄덕였다.

"내가 원하는 타입이긴 하군."

"그럼 역시 나는 이제 필요 없는 게……."

"그래도 나는 세테를 밀고 싶다."

그보다, 라는 전제를 깐 마스터가 만면에 미소를 짓고 말했다.

"사람이 늘었다고 도망치다니, 꼴사나운 짓 아니냐!"

"쿄우 선배, 고집 부리는 거 아냐?!"

마스터도 고집불통이니까 말이지.

이렇게 되면 본인이 진심으로 싫어하든가, 주변이 전력으로 막지 않으면 해결되지 않는다고.

"어쩌지? 아카네, 니시무라!"

"어쩌지, 라고 물어봐도 말이지……."

"오히려 넌 어쩌고 싶은데?"

문제는 그거다.

보류라고 하긴 했지만, 그것만 확실해지면 우리도 도와줄 테니까.

"나는……."

아키야마는 울상을 지으며 정말로 곤란한 표정으로 말했다.

"어쩌고 싶은 걸까?"

"……."

"………."

정말로 부탁받으면 거절하지 못하는 걸까.

굉장한 사람일 텐데, 왠지 이번에는 이 사람 영 글러먹은 것 같네.

††† ††† †††

오늘도 알케쉬 딥 드래곤, 줄여서 신 군마에 도전 중이다.

이미 최종단계 공략을 진행하는 우리에게 제1단계, 제2단계는 통과점에 지나지 않는다. 그랬을 텐데…….

◆†검은 마술사† : 거기, 미티어가 떨어져.

◆너구리 중사 : 구리?!

◆에리스 : 죄송합니다~!

◆애플리코트 : 초반에는 몰라도 최종이 힘들어진다. 어떻게든 받아내도록.

◆에리스 : 맞을 사람한테 지시가 갈 거라고 생각해서!

▶세테 : 앗, 미안. 깜빡하고 못봤어.◀

◆바츠 : 어리광부리지 마. 지시가 없다면 둘이 같이 갈 정도로 하라고.

오늘은 제1단계조차도 조금 고전하는 상태가 되었다.

그 이유는 명확하다.

◆고양이공주 : 그 위치, 빔 맞는다냐.

◆버섯의 콩가루 : 앗!

▶세테 : 방패 쓸게!◀

▶세테의 인도가 벽이 된다!◀

CP를 소모해서 사용하는 방어벽이 나와 버섯 씨를 지켰다.

하지만 유감스럽게도 그 벽은 안 돼.

◆바츠 : 관통기는 벽으로는 못 막아!

◆디 : 벽이 방해돼서 못 피하잖아ㅋㅋㅋ

◆버섯의 콩가루 : 이건 죽순파의 음모.

◆유윤 : 들켰나.

▶세테 : 미아～안.◀

그렇다. 세테 씨의 지휘가 정교함을 잃고 있었다.

지금까지 꽤 의지해왔기 때문에 상태가 안 좋아지자 전원이 그 영향을 받았다.

원래 지휘 없이 클리어해야 하는 곳이니만큼 세테 씨의 미스로 누군가가 화내거나 하지는 않지만, 아무리 그래도 조금 걱정이 됐다.

"오빠, 선배 무슨 일 있어?"

오늘은 좌식 테이블에서 마우스를 쥐고 있던 미즈키가 물었다.

타카이시를 응원하는 미즈키에게는 말하기 조금 힘든 일인데…….

"아키야마, 조금 고민하는 것 같아서."

"고민? 혹시 사랑이라든가?"

와아~, 즐거워 보이는 의견이네~.

"그 발상, 평범한 여고생 같아서 좋네."

"오빠한테 바보 취급당했어!"

"그렇지 않다니까~."

오히려 세가와나 아키야마한테 사랑의 상담 같은 걸 받아보고 싶을 정도다.

하지만 남자친구가 생겨서 온라인 게임을 권유하고, 길드에 들어오거나 하면 미묘한 기분이 들지도…….

……일단은 사랑의 상담이 아니라 다행인가.

"고민이 뭔데?"

"선거 일 때문에 조금."

"아, 선거…… 어? 이제 와서?"

"이제 와서라니까."

이미 입후보한지 꽤 지났다.

다들 아키야마는 당연히 나올 거라 생각하고 대하고 있다.

그건 본인도 알고 있을 테고, 그래서 더욱 죄책감으로 고민하고 있는 거다.

"나로서는 어떻게 할 수 없는 일이니까, 정말 곤란해."

"잘 모르겠지만……"

미즈키는 의아한 듯이 나를 올려다봤다.

"왠지 오빠답지 않네."

"나답지 않다니…… 뭐가?"

"그치만 평소에 오빠라면 좀 더, 뭐랄까……"

미즈키는 한동안 허공을 올려다보고는 맞다! 하고 손을 탁 쳤다.

"좀 더 짜증나잖아!"

"좋아, 알았어. 오랜만에 남매 싸움을 해보자는 거지?"

"아코 언니에 대해서 엄마한테 말한다?"

"미안, 용서해줘."

내가 잘못했으니까, 못난 오빠를 용서해주십시오! 여동생님!

"정말~. 그게 아니라, 평소에 오빠는 좀 더 참견쟁이잖아."

"참견쟁이, 라……."

그럴지도 모른다.

동료에게 곤란한 일이 생기면 쓸데없다고 생각하면서도 입을 열고 마는 편이라는 자각은 있다.

그런데 이번에는 어떻게 할 수 없다는 말을 하면서 지켜보고 있을 뿐이다.

"……어라? 지금 나, 이상한가?"

"응."

즉시 대답이 날아왔다.

지금의 내가 이상하다면, 평소의 나라면 어떻게 할까?

"저기, 후타바."

"……네?"

이럴 때 믿음직한 사람은 절친한 사이보다는 약간 동떨어진 친구라고 생각한다.

어떤 의미에서는 바깥쪽에 있는 후타바에게 상담해보기로 했다.

"나는, 참견쟁이야?"

"네."

우와아, 이쪽도 즉답이네.

사람이 적은 점심시간의 도서실.

나는 카운터에서 양손을 내밀며 엎어졌다.

"……저는, 그렇게 생각해요."

누구 눈으로 봐도 참견쟁이인가? 나…….

"그럼 고쳐야겠네."

"……네?"

고개를 살짝 갸웃한 후타바가 눈썹을 오므렸다.

"왜 그렇게 의아해 하는데?"

"참견쟁이로 돌아가야겠다고, 말할 줄 알아서."

"어째서?"

왜 그렇게 짜증나는 나로 돌아가야 하는 건데?

"그치만, 참견할 때의 선배, 즐거워 보이던데요."

"진짜로?!"

나는 그렇게 짜증나는 놈이었던가?! 아아, 응. 미즈키도 그렇게 말했었지!

여동생이 하는 말이니까 그런 거겠지!

"진짜냐~. 이제 나는 어떻게 해야 좋을까~."

하아, 하고 무심코 한숨이 나왔다.

"아키야마가 곤란해하고 있다면 도와주고 싶은데, 할 수 있는 게 아무것도 없으니까."

"그런 건, 선배가 어떻게 하고 싶은지."

"하긴. 아키야마, 어쩌고 싶은 걸까."

본인이 어쩌고 싶은지, 그걸 모르면 도와줄 수가 없으니까.

"그게 아니라, 선배."

"어?"

선배, 라고 다시 말한 그녀가 내 코끝을 가리켰다.

"……나?"

"네."

"나는…… 아키야마가 하고 싶은 대로 했으면 하는데."

결국 아키야마가 어쩌고 싶은가, 그거잖아.

그치만 회장을 꽤 하고 싶어 하는 걸로 보였다고!

그만두라고 말하면 그것도 편하겠지만, 왠지 싫어하는 느낌이 아니었다니까?!

"으으음……."

고민에 빠진 내게 후타바는 조금 전과 반대 방향으로 고개를 갸웃했다.

"아키야마 선배, 싫어해요?"

"그건 또 왜."

"직접 안 물어보니까."

"직접…… 본인에게?"

"본인에게."

그건 벌써 물어봤다고.

"물어봤지만 모른다고 하니까 말이지."

"좀 더 진지하게. 절실한 느낌으로."

후타바는 슉슉 하고 수수께끼의 섀도우 복싱 같은 포즈를 취하며 말을 이었다.

"타마키 선배한테 하는 것처럼, 하면 될 텐데."

나와 아코에 대해서 어디까지 들었는데? 라는 의문은 접어두고—

아키야마에게, 아코한테 하는 것처럼 힘껏 부딪쳐보는 건, 생각해본 적이 없었다.

"그건, 그래도, 아키야마한테는 정면에서 부딪쳐도 피할 것 같은 이미지가—."

"그런 이미지는 신경 안 쓴다고 생각했었는데요."

변명을 찾듯이 꺼냈던 내 말을 후타바가 단칼에 잘라 버렸다.

이 녀석, 정말로 인정사정없네.

"해봐서 안 되면 또 고민해요."

"우우…… 그래야 하나……."

곤란하다는 말은 했지만, 정말로 그녀와 한 마음이 되어 생각했느냐고 하면 자신이 없다.

아키야마가 곤란하다는 걸 알면서도 어딘가 남 일처럼 보였던 건, 역시 리얼충에 대한 거북한 느낌이 아직까지 남아 있었던 걸지도…….

"아코한테는 사이좋게 지내라고 했었는데, 내 쪽이 거리를 두고 있었던 건가……."

처음부터 동료였던 다른 모두와는 달리, 아키야마는 동갑내기 여자아이라는 부분이 강하게 드러났으니까.

아직까지 현실에서는 대하는 게 어렵기도 하고.

"나도, 온라인 게임 동료가 상대라면 편하게 이야기해도, 그게 아닌 상대하고는 제대로 마주보지 않는 녀석일지도……."

"한심하네요."

"너는 정말로 기분 좋은 녀석이구나."

거기까지 들으니까 개운해졌어.

"믿음직한 후배야. 정말이지."

"군마보다는 낙승."

"아직 못 이겼잖아."

"그리고……."

후타바는 조금 고민한 뒤에 약간 시선을 돌리며 말했다.

"저랑 선배, 은근히 상성이 좋네요."

"그런 생각은 들지만, 절대로 아코한테는 말하지 마라."

내 동료는 아무래도 물러터진 녀석들밖에 없으니까, 엄한 소리를 확실하게 해주는 후타바는 귀중할지도 모른다.

왜 선생님도, 선배도 아닌 후배 중에 이런 녀석이 있는 거냐고.

††† ††† †††

"차렷~, 경례~."

아키야마의 호령으로 오늘 하루 수업이 끝났다.

"하아…… 좋아, 오늘도 부활동 가자~."

그녀는 새어나온 한숨을 얼버무리듯이 복잡한 표정으로 부실에 가려고 했다.

하지만 그 전에—

"아키야마. 잠깐 할 말이 있는데."

"……어?"

그 예상치 못한 말을 들었다는 듯한 「어?」는 뭐냐?

구체적으로 말하면, 그다지 친하지 않은 같은 반 아이가 갑자기 고백했을 때 같은, 그런 분위기다.

"설마 니시무라, 타마키만으로는 만족하지 못해서—."

"아니, 그건 만용이겠지······."

"나나코가 또······."

"타마키가 불쌍해."

왠지 교실이 웅성대고 있는데?!

어라? 이거 설마, 다들 착각하고 있어?!

"루시안, 설마, 세테 씨하고 바람을······?!"

"안 하거든?!"

너까지 이상한 착각하지 마!

"아니야? 뭐야~, 다행이네."

"전혀 아니지만, 그렇다고 해서 안 차도 되니까 다행이라는 표정을 짓는 건 그만둬!"

"미안, 미안~."

"아아, 정말······. 그냥 아코랑 같이 와도 돼."

"신부 공인······?!"

"내연녀······."

너희는 입 다물고 있어!

교실은 주변의 시선이 따가우니까 조금 이동해서 1층 안

뜰로 나왔다.

"정말이지, 긴장해서 목이 말라오네요."

"진심으로 바람피우는 거라 생각했던 거냐……."

그럴 일 없어, 없어~, 라고 말하면서 주스를 사서 아코에게 건네줬다.

"니시무라, 내 거는?"

"먹고 싶다면 마음대로 해."

"우우, 아코한테는 사주는데 나한테는 없어?"

그런 걸로 토라질 건 없잖아.

"아코한테는 도시락 같은 걸 받기도 하니까. 금전적으로 부담이 되지 않도록 하고 있지만, 그래도 빚이 있는 것처럼 느껴지거든."

"신부로서 당연한 일이지만, 루시안이 신경을 쓰고 있으니까 사양은 안 해요!"

"서로 잘 이해하고 있구나."

그만큼 오래 알고 지냈으니까.

하지만 아코만큼은 아니더라도 꽤 오래 알고 지냈는데, 아키야마에 대해서는 그다지 아는 것이 없다.

그러니까, 참견을 하려고 한다면―.

"어, 그게…… 아무튼, 이건 메인 이야기가 아니긴 한데……."

"응. 뭔데, 뭔데?"

"아키야마는 뭐하는 사람이야?"

"뭐하는 사람이냐니, 뭔데?!"

아, 말을 잘못 했다!

"최종보스…… 아냐?"

"뭐랑 싸울 경우에 최종보스가 되는데?!"

"아니, 그런 이야기가 아니고 말이지……. 이상한 곳에 연줄이 있거나, 마을 회합에 참여하거나 하니까, 그런 사람일 것 같다 이거지."

"아아, 그런 의미~."

그렇구나, 라고 끄덕인 아키야마는 앞으로 성큼 나섰다.

"그보다 저기! 누군가한테 이미 듣고 알았기 때문에 줄곧 묻지 않았던 게 아니라, 정말로 몰랐던 거야?!"

"응."

"그렇게나 나한테 흥미가 없어?!"

"있어, 있다고. 그러니 물어보려고."

"그런 이야기라면 저도 묻고 싶어요!"

아코도 「저요, 저요~」라고 손을 들며 말했다.

"으~음…… 아!"

아키야마는 그런 나와 아코를 바라보며 생각난 듯이 말했다.

"그럼 오늘, 우리 집에 올래?"

【나나코】오늘은 부활동 쉽니다☆ 아코랑 니시무라도 같이 쉽니다☆

그 메시지에 대한 대답은 이랬다.

【아카네】웃기지 말라고! (°д°)

"―이놈들아! 라는데?!"

"화내고 있네요!"

【아카네】적어도 부실에 가기 전에 말하란 말이야!

【나나코】미아～안.

사과 메시지를 보내는 아키야마 뒤쪽에 있던 나한테 온 메시지는 이랬다.

【아카네】잘 해보라고. (·∀·)

역시 파트너, 완전히 다 들켰군.

【니시무라】섭마로서 제대로 이야기를 들어볼게. 선거에 대해서도!

【아카네】어? 선거는…… 뭐, 열심히 해봐. (;·∀·)

왠지 건성이네! 열심히 해보겠지만!

아키야마네 집은 마에가사키 역에서 전철로 몇 정거장 떨어진 한산한 주택가에 있었다.

있었다, 라기보다는…… 점유하고 있었다.

"여기가 우리 집～."

"우와아…… 지붕이 전부 기와야……."

"옛날 저택 같네요!"

세테 씨의 이미지에는 맞지 않는, 하지만 지금까지의 경험으로 왠지 모르게 「그럴지도～」라고 생각해왔던, 오래된 무가(武家) 저택 같은 집이었다.

"저택이라고 말하기에는 조그만데?"

"평범한 집보다는 어딜 봐도 크다만."

"슈가 화낼 것 같아요."

"아파트가 더 살기 편하다고 생각해."

아키야마는 그렇게 말하면서 「다녀왔습니다~」 하고 문턱을 넘었다.

그러자 안에서 검은 그림자가 달려왔다.

"멍!"

"무땅, 다녀왔어~."

오오, 개다! 게다가 왠지 게임의 무땅하고 비슷해!

이건 확실히 같은 이름을 붙일 만하네.

"이게 리얼 무땅인가요!"

"묘기를 잘못 익혔다는 소문의 무땅인가?"

"지난주에는 제대로 했었는데……."

아키야마는 무땅의 눈앞에 손바닥을 내밀고 힘차게 말했다.

"기다려!"

"멍!"

무땅은 즉시 손을 내밀어서 아키야마와 하이파이브를 했다.

"……이게 아냐. 무땅."

"이건 이것대로 묘기네요."

"무땅, 꼬리를 엄청 흔들고 있는데?"

"테이머는 되지 못할 것 같네. 무땅, 집으로 가!"

그렇게 말하는 것치고는, 무땅은 집으로 가라는 지시에 따라 순순히 뜰 쪽으로 달려갔다.

제대로 듣는 명령도 있는 모양이다.

"자, 안으로 들어와."

"실례합니다……."

"실례합니다~."

우와아, 안에도 엄청 일본풍 느낌이 물씬 나!

현관에 놓여있는 것이 구두가 아니라 전통 신발이고!

"올라와, 올라와~."

일반적인 원목 마룻바닥이 아니라 널빤지 같은 바닥의 복도를 지나 다다미가 깔린 방으로 안내를 받았다.

"여기서 잠깐만 기다려. 바로 차 준비해 올 테니까."

아키야마는 후다닥 안으로 들어갔다. 그렇다면 여기는 응접실인가.

"깔끔한 집이네요."

"나는 조금 진정이 안 돼."

"저도 그래요."

다다미 위에 놓인 방석 위에 깔끔하게 무릎을 꿇고 정좌한 아코는 쓴웃음을 지었다.

아니, 그렇게 말하는 것치고는 침착하지 않아?

"아코, 은근히 익숙해 보이는데?"

"그런가요?"

교복 차림으로 등을 쫙 펴고 정좌한 모습은 왠지 빠릿하게 보인다.

"다리 아프다면서 풀어져서 앉을 것 같은 이미지인데, 제대로 정좌를 하고 있고."

그 있잖아, 어떻게 표현해야 좋을지 모르겠지만, 조금 자세를 푼 여자아이의 앉은 자세를 할 거라 생각했다.

"실은 정좌 연습을 조금 했거든요."

"그건 또 왜?"

"루시안네 부모님께 인사드릴 때, 5분 만에 발이 저리면 부끄럽잖아요."

"정말로 신부가 될 노력만큼은 굉장하네!"

질렸다는 마음과 함께, 나는 노력을 안 하고 있다는 마음이 솟아올랐다.

"나도 신랑이 될 노력을 하는 편이 나을까……."

"그건 그냥, 좋은 대학을 나와서 좋은 회사에 가는 게 최고에요!"

"일단 말해두는데, 나도 일하고 싶지는 않다고!"

"남의 집에서도 그런 한심한 소리를 하네~."

미닫이문이 드르륵 열리고, 쟁반에 차를 준비한 아키야마가 들어왔다.

오오, 기모노다, 기모노!

"사복이 기모노인가요?"

"아니, 있던 걸 적당히 입고 왔을 뿐이야."

그런 게 적당히 있는 시점에서 굉장한데?!

"미안, 오래 기다렸지? 방 정리를 좀 했어."

아키야마가 내 방은 이쪽~, 이라며 앞서서 걸었다.

우리는 그녀를 따라 바로 옆에 정원이 있는 툇마루를 뚜벅뚜벅 걸었다.

"정원이 예쁘네요."

"이런 걸 손님에게 보여주는 것도 우리 집의 일 같은 거니까."

그건 대체 무슨 일인데?

"여기가 내 방이야."

미닫이문을 연 아키야마가 방 안으로 들어갔다.

"실례합니다."

"세테 씨의 방은 어떨까요~?"

한 걸음 발을 들이밀자, 거기서부터는 그냥 일반적인 방바닥이었다.

방에는 커다란 침대가 놓여 있고, 어디서 본 적이 있는 강아지 봉제인형이 굴러다녔다.

간접조명으로 비춰진 커다란 화장대 앞에 화장품이 놓여 있고, 읽는 법을 모르는 영어가 적힌 병이 많이 있었다.

바닥에 깔린 포근한 카펫 위에는 좌식 테이블이 있었고, 그 위에 노트북과 함께 공략 노트라고 적힌 노트가 펼쳐져 있었다.

　─아니, 보면 볼수록 이런 생각이 드는데?

　"왜 서양식 방이야!"

　지금까지의 분위기가 엉망이 됐잖아!

　"그치만 보통 자기 방은 서양식으로 하고 싶잖아?"

　"오히려 이 흐름에서 다다미에 이불이 아닌 편이 이상해요!"

　"에이, 침대가 좋아～."

　아키야마는「자자, 앉아～」하고 카펫에 쿠션을 놓았다.

　방금 전의 다다미와 방석하고는 큰 차이다.

　이 얼마나 마이페이스적인 방인가.

　─그래, 마이페이스다. 이 사람도 마이페이스한 사람이다.

　이런 일본식 집에서도 자기 방은 서양식 방으로 꾸며 버리는, 하고 싶은 건 다 하는 사람이다.

　부탁을 거절하지 못하다니, 과연 그럴까?

　역시 위화감이 있는 것 같기도 하고…….

　"의외인데요."

　아코가 방을 돌아보며 말했다.

　"세테 씨의 방, 더럽네요."

　"느닷없이 터무니없는 말을 꺼냈잖아!"

　확실히 그다지 정리된 걸로 보이지는 않지만!

　방 한구석에는 잡지가 쌓여있고, 침대 위 이불은 꾸깃꾸깃하고, 화장대 앞 화장품은 아침에 막 사용했다는 듯이 다

꺼내놨고, 사용한 뒤의 솜? 퍼프? 같은 것들이 그냥 놓여 있고.

내가 아는 여자아이의 방을 기준으로 말하자면, 아코보다도, 미즈키보다도, 세가와보다도 더 지저분하다.

"그치만~, 사람 부를 예정 같은 건 없었단 말이야!"

아키야마가 양손을 펼치며 허둥지둥 말했다.

"이런 집이니까 친구도 별로 오지 않고, 딱히 정리할 필요가 없었어!"

"그래도 세테 씨는 좀 더 완벽한 초인 이미지였어요."

"그렇지 않고, 집 안에서는 이런 느낌인데?"

오히려, 라며 아키야마가 아코에게 눈을 돌렸다.

"아코가 의외로 행실이 바르네."

정좌해서 양손으로 찻잔을 들고 있는 아코는 확실히 행실이 바르게 보인다.

그 말을 들은 본인은 흐흥 하고 웃었다.

"이래 봬도 가정환경이 좋다고요."

"에이~."

아, 저도 모르게 에이, 라고 말해버렸다!

"에이, 라니 뭔가요!"

"미안, 반사적으로……."

"확실히 농담이지만, 반사적으로 부정할 건 없잖아요!"

딱히 아코의 가정환경이 나쁘다고 말하고 싶은 건 아니지만.

"나는 그다지 가정환경이 좋지 않으니까, 반대로 무서워서."

행실이 바른 아이랑 같이 있으면 반대로 진정이 안 되는 타입이라고.

"우리 집, 어린 시절부터 부모님이 바빴거든. 내가 생각해도 제대로 교육을 받았다는 기분이 들지 않는다니까."

"아, 그랬어?"

그야 뭐, 방임이지.

"옛날에는 나도 미즈키도 젓가락 쥐는 법이 이상해서, 둘이서 콩을 그릇에 옮기는 리얼 타임어택 같은 연습을 했었어."

"즐거워 보이네."

스스로 고칠 수밖에 없었으니까 힘들었다고…….

"저도 전혀 못했었어요. 젓가락 밑에 왼손을 대고 먹는다든가, 그런 걸 예의바르다고 생각하기도 했었고요."

"어? 그거 안 되는 거야?"

"손그릇이라고 해서, 하지 않는 편이 나아. 손을 그릇으로 삼지 말고 그릇을 손으로 듭시다~."

아키야마가 주의를 줬다.

아하, 그렇구나. 그건 올바른 예절이라고 생각했었는데.

"그런 걸 모른다면 우리 집에서 배울래?"

"아키야마네 집에서?"

"응. 우리 집, 예절 교실 하고 있거든."

예절 교실이라니…….

확실히 이 집은 예절 바르지 않으면 살지 못할 것 같은 분위기가 있지만.

"그보다 그 이야기를 하러 온 거였지!"

"아, 그렇구나. 어어······."

아키야마는 힐끔 뒤쪽 미닫이문을 돌아본 후 고개를 끄덕였다.

"우리 집, 훈육에 대한 건 뭐든지 맡습니다, 같은 집이거든."

"훈육?"

"카테고리로는 다도 교실 같은 게 될 거라 생각하는데, 꽃꽂이도 가르치고, 무용도 조금 하고, 거문고도 할 수 있고. 하지만 가장 전문인 건 예의범절일까? 그런 곳이야."

그런 곳이라고 간단히 말하는데······.

"여러 분야를 동시에 가르치는 교실 같은 게 있었구나."

"루시안, 교양 있는 높은 선생님은 꽤 이것저것 할 수 있어요."

"진짜냐?!"

그렇다면 여기도 그런 높으신 선생님 댁인 건가?!

"딱히 지도자를 노리는 사람을 가르치는 건 아니거든? 부끄럽지 않을 만한 기능을 익히고, 그걸 유지합시다, 같은 느낌이지."

"신부수업 같네요."

"맞아, 맞아~. 신부수업은 본업이라고 해도 될 거야!"

신부수업이라고 하니까, 이런저런 훈육을 한다는 것도 알기 쉬워졌다.

　그렇군. 그런 집안인가…….

　"나도 이런저런 교실에 나가니까, 아주머니들하고도 면식이 있어. 그래서 그런 마을 회합 같은 곳에 얼굴을 내밀기도 하는 거야."

　그렇군. 여러모로 납득이 갔다.

　이해하기는 했는데…….

　"여러 교실이라니, 그거 힘들 거 같은데?"

　"매일 하고 있으면 바로 익힐 수 있거든?"

　"매일……!"

　"정말인데? 잠깐 가르쳐줄 뿐이라면, 평범한 사람이라도 괜찮을 정도니까. 오히려 기모노라든가 도구가 큰일이지만, 집에 전부 있으니까 편해."

　"이건 확실히 특수한 예시로군."

　"이 사람은 특수한 훈련을 받은 고등학생이에요."

　태어날 때부터 하이 카스트라서 그런 것에 아무런 위화감도 느끼지 못하는 거다.

　사람들 앞에 나서는 것에 익숙한 것도 잘 알겠다.

　여러모로 알긴 했지만…… 아키야마의 진실을 알려 왔는데, 결국 더욱 잘 모르게 된 것 같다.

　"정말로 세계가 달라서 모르겠어."

"그러게."

아키야마는 부정하지 않고 키득키득 웃었다.

원래대로라면 나와 서로 이해할 만한 인종이 아니겠지.

"다들 게임 이야기를 하고 있을 때, 내가 그런 느낌이었어."

"⋯⋯그런가."

하지만, 지금은 다르다. 아키야마도 제대로 이야기를 따라오고 있다.

함께 같은 게임 속 세계에서 살아가는 동료가 되었다.

사는 세계가 다르더라도, 우리가 즐기는 세계는 같다.

좋아!

"⋯⋯세테 씨!"

"네, 네엣?!"

내가 캐릭터명으로 부른 것에 놀랐는지 세테 씨가 등을 쫙 폈다.

"오늘은 이 이야기를 하러 왔는데."

"⋯⋯응."

아코나 세가와하고 이야기하는 말투로, 의식해서 고쳤다.

"세테 씨. 선거, 어쩌고 싶어?"

"어쩌고 싶냐니, 어어⋯⋯."

곤혹스러워하는 그녀에게 나는 앞으로 몸을 내밀며 말을 이었다.

"마스터가, 회장을 해달라며 재촉하고 있긴 하지만, 나는 섭마니까, 길원의 원활한 게임 라이프에 책임이 있어. 회장을 하고 싶다면 도와줄 거고, 싫은데 마스터를 뿌리치지 못하는 거라면, 책임지고 막아줄게."

목덜미를 붙잡고 안 된다고 하면 그만두는 사람이다.

그런 짓을 당하면 좋아하는 타입이니까, 딱히 사양할 필요도 없다.

"어쩌고 싶어? 사실대로 가르쳐줘."

"……."

세테 씨는 천천히 테이블로 시선을 내렸다.

"어쩌고…… 싶은 걸까?"

말 그대로 곤혹스러운 목소리로 말했다.

"정말로 해도 상관없고, 하지 않아도 된다고 생각해."

"자신의 희망사항은?"

"으~음…… 쿄우 선배가 기대해주고 있다면 그에 응해주고 싶어. 하지만 료카처럼 열의가 없는데, 내가 회장을 해도 될지 잘 모르겠어."

"그래서 망설이는 거다, 이건가."

마스터의 마음에 응해주고 싶지만, 그게 자신의 의지가 아닌데 굳이 남을 밀쳐내면서까지 회장이 되어야 하는지 모르겠다는 건가?

"그건…… 어렵네……."

"그렇지?"

어느 쪽도 남이 이유니까 간단히 정할 수 없는 건가…….

예상했던 것보다 더 힘든 일이었다.

이야기를 듣는다고 바로 해결되는 건 아니라고 생각했지만— 나, 도움 안 되네.

"잠깐 기다려주세요."

잠시 기다려달라는 요청이 들어왔다.

묵묵히 이야기를 듣던 아코였다.

"줄곧 세테 씨가 하는 말이 뭔가 좀 아닌 것 같다~ 라고 생각해 왔는데요. 여기 와서 그 이유를 알아챘어요."

아코는 수수께끼가 풀렸다는 듯이 고개를 끄덕끄덕했다.

"슈한테서, 세테 씨가 부탁을 거절하지 못하는 사람이라고 들었거든요."

"윽—."

아키야마는 아픈 점을 찔린 듯이 가슴을 누르며 신음했다.

"그건, 아카네한테 나쁜 버릇이라고 듣기는 했지만……."

"하지만 그건 아니라고 생각해요. 세테 씨는 그렇게 마음약한 사람이 아니잖아요?"

"에엑?"

어라? 이야기가 예상치 못한 방향으로 흘러갈 것 같은데?

"세테 씨, 딱히 좋아하지 않는 남자한테 고백 받으면 어쩔건가요?"

"평범하게 거절하는데?"

"내가 말을 걸었을 때부터 거절할 준비를 하고 있었으니까!"

"그건…… 아하하~!"

웃으며 얼버무렸어!

"보세요! 뭐든지 한다는 타입이 아니라고요."

"에에엑? 하지만 아코도 밀어붙이는 데는 약해도, 그런 건 거절하잖아?"

"저는 굳이 따지자면 무슨 말을 들어도 거절하는 타입이니까, 저랑 같다는 건 거절할 수 있다는 뜻이에요!"

"확실히, 무슨 권유를 받아도 거절했었어!"

"네. 노래방이라든가 간식 먹으러 가자는 권유도 전부 거절하니까요."

"미팅이나 스포츠 같은 것도 그랬고."

그렇게 거절하는 건가? 조금은 참가하면 될 텐데…….

아, 이게 아니라―

"그런가? 나도 이상하다고 생각했었어."

이런 저택에서 자기 방만큼은 서양식 방으로 꾸미는 사람이다.

마이페이스로 하고 싶은 걸 하는 사람인데, 부탁을 받으면 거절을 못한다니 이상하다.

"으음, 그렇다면, 나는 그저 부탁을 거절하지 못하는 좋은 사람인 건가?"

"엄청 긍정적이네, 세테 씨."

그런 거라도 상관은 없지만.

"제가 생각하건대 말이죠."

아코는 테이블에 찻잔을 놓고, 세테 씨를 똑바로 보며 말했다.

"세테 씨는 엄청 참견쟁이에요!"

"참견쟁이?!"

"몇 안 되는 친구한테 싸움 걸지 마, 아코!"

그리고 설마, 세테 씨가 나랑 똑같다는 소리를 하는 건가?!

"그치만 처음 만났을 때부터 쓸데없는 짓을 했었잖아요."

"처음에는 그랬지만, 지금은 그런 짓 안하잖아?!"

아니, 떠올려보면⋯⋯.

"⋯⋯듣고 보니 짚이는 점이 많네."

"에에에에에에엑?!"

부원 모집 때도 그랬다. 세테 씨의 참견으로 귀찮은 일이 벌어졌었지.

"나, 참견쟁이야?"

"네. 그도 그렇게 마스터는 마지못해 해주길 바라지는 않을 거고, 입후보한 그 아이도 양보해주는 걸 바라지는 않을 거라 생각해요."

"그, 그럴지도 모르지만⋯⋯."

"세테 씨의 배려가 오히려 불필요한 참견이 되었다, 이건가?"

"참견쟁이, 인 걸까⋯⋯."

세테 씨가 아래를 바라봤다.

"좀 더 자세히 말하자면, 어어……."

아코가 으음, 으음, 하고 머리를 굴리다가 말했다.

"세테 씨는 굉장하잖아요?"

"굉장한, 걸까?"

"네. 평범한 사람이 곤란해 하는 일을 대단치 않게 생각하는 타입이에요. 대부분의 방해는 가볍게 클리어한 뒤에, 고민하는 사람을 지켜보고 있는 느낌이죠."

"요령이 좋은 편이라고는 생각하지만, 평범하지 않을까?"

"네네, 평범하다니 웃기네요, 웃겨요."

"흘려버리는 태도가 너무하지 않아?!"

나도 세테 씨가 평범하다고 하면 웃기다고 말할 거라 생각한다. 이 집을 보기만 해도 그렇지.

"저는 정반대라서 잘 모르겠지만요."

아코는 목소리 톤을 조금 줄이며 더듬더듬 말했다.

"저, 평범한 사람이 간단히 할 수 있는 것에 고생하거나, 평범한 사람이라면 당연한 것을 못하는 자신이 싫어요."

"왠지 갑자기 발언에 어둠이 느껴지는데?"

"온 세상 사람이 서툴고 운동신경이 없어져버렸으면 좋겠다고 생각해요."

"아코~?"

"그보다 그냥 저보다 스펙 높은 사람을 없애버리면 세상은 평화로워질 거라고 확신하고 있는데, 어째서 그런 사소한 소망이 이루어지지 않는 걸까요. 불합리하네요."

"진정해줘!"

"그런 이야기를 하러 온 게 아니잖아!"

"그랬었죠."

그러니까 말이죠, 라고 아코는 전제를 둔 뒤—.

"세테 씨는, 남을 도와주는 게 기분 좋은 거예요! 저와는 반대로, 평범한 사람이 고생하는 걸 가볍게 할 수 있는 자신, 평범한 사람은 할 수 없는 일을 할 수 있는 자신이 엄청 좋은 거죠! 그러니까 그만 참견을 하고 마는 거예요!"

손가락을 척 들이대며 말했다.

"그그그, 그렇지는 않다고 생각하는데?"

"거짓말이에요! 그러니까 거절해도 되는 부탁을 들어주거나, 부탁 받지도 않은 참견을 하는 거라고요!"

"그래도그래도, 전혀 못했던 게임을 1년이나 해왔으니까, 딱히 뭐든지 할 수 있는 자신을 엄청 좋아한다거나 그렇지는 않아!"

"아, 확실히……."

세테 씨는 못 쓰겠네~, 라는 말을 들으면서도 줄곧 온라인 게임 해왔으니까.

딱히 자신이 엄청 좋다거나 그렇지는 않은 거 아닐까?

"그건 올바르게 말하면, 참견하길 좋아하는 초 마조히스트인 거예요!"

"뭐야, 그 특수한 성벽?! 사람을 변태처럼 말하지 말아줘!"

"어라? 표현이 나빴나요?"

"좋다고 말할 수 있는 부분이 없는데⋯⋯."

전에 세테 씨가 자기를 하찮게 대하는 걸 좋아하는 것 같다는 이야기를 했었지만, 그렇다고 해서 초 마조히스트일 리가 있나.

"세테 씨. 엄청 굉장한 자신이, 전혀 굉장하지 않은 저희한테 하찮게 보이거나, 못 쓰겠네~ 라는 말을 듣거나, 어쩔 수 없네~ 라며 도움을 받는 거 기분 좋았었죠?"

"⋯⋯."

"그러니까 실은 능숙해진 모습을 그다지 보여주지 않았고, 저보다 이것저것 알고 있어도 지식이 없는 척을 했던 거라고요!"

아코가 자신만만하게 말했지만, 아무리 그래도 그건 아니지 않을까?

"저기, 아코. 세테 씨는 그런 사람이⋯⋯."

"아~, 으~음⋯⋯ 그런 말을 들으니까⋯⋯."

"잠깐?! 세테 씨?!"

아코의 망언을 인정하는 거야?!

"실제로 말이지, 언제나 언제나 굉장하네~ 라는 말만 듣고 살았으니까, 못 쓰겠네~, 어쩔 수 없네~ 라는 말을 듣는 게 즐거워서 부활동에 오고 있었던 건 사실이어서……
알고 있는 걸 모르는 척 해서 물어봤던 적도…….'

"그럼 초 마조히스트라는 게 되는데 괜찮아?!"

"아니야! 그렇긴 하지만 그게 아니고! 평소에는 다들 나를
의지하고만 있으니까, 나를 의지하지 않는 게 즐거웠다고나
할까!"

세테 씨가 허둥지둥 부정이 되지 않는 부정을 했다.

우와…… 어쩌면 그럴지도 모른다고 생각은 했지만, 이 사
람, 하이 카스트에다 여자들의 보스 같은 느낌이었는데 알
맹이는 초 마조히스트잖아?!

"……설마 아코가 이렇게 나를 잘 보고 있을 줄은 몰랐어."

"좋아해서 보고 있었는지 경계해서 보고 있었는지 모르겠
네."

"양쪽 다예요."

양쪽이냐.

"그러니까 세테 씨가 고민하는 건, 자신은 어쩔 수 없이
회장이 되었습니다, 라고 말하며 잘난 척하고 싶지만, 그렇
게 되면 선의에 진심으로 회장이 되고 싶어 하는 사람이 불
쌍하네~ 라고 생각하기 때문이에요."

"어쩔 수 없이 회장이 되어 잘난 척하고 싶어?!"

"그치만 세테 씨, 전 학생회장에게 부탁을 받아서 어쩔 수
없이 학생회장이 되었는데, 엄청 잘 해버리는 나는 대단하

네~ 라고 생각하지 않았어요?"

"생각했어!"

"그거 인정하는 거야?!"

"그 있잖아, 아이돌한테 자주 있는, 친구가 멋대로 오디션에 응모했어요~ 같은 거지."

"마지못해 했는데 굉장하면 기분 좋잖아요."

"그건 그렇지."

역시 이 두 사람, 비슷한 거 아닐까.

"그러니까 저는, 회장을 하면 되는 게 아닐까 생각해요. 세테 씨가 하고 싶어 하니까요."

"내가, 하고 싶다……."

"해서 잘난 척하고 싶으니까요."

"그거 고쳐 말할 필요 있었어?!"

오, 참혹한 결론이다.

하지만 일단 말해두는데―

"최종적인 결론을 내리면, 세테 씨는 그냥 좋은 사람이잖아."

자기는 하고 싶지만, 좀 더 하고 싶어 하는 사람이 있으니까 사양하고 싶다, 하지만 기대를 받고 있으니까 양쪽에 끼어버렸다는 거다.

무적의 세테 씨가 유일하게 고민하는 일이 자기가 아닌, 타인과의 이해관계가 대립했을 때인 셈이니까.

"처음부터 세테 씨가 나쁜 사람이라고 말할 생각은 없었는데요."

"아코는 가끔 이야기가 알기 어렵네."

"토크 스킬이 부족하다고요오오오."

"아냐, 엄청 잘 전해졌어."

세테 씨가 뭔가를 떨쳐낸 듯이 말했다.

"그렇구나. 그런 거였구나."

"납득한 것 같은데, 어쩔 거야?"

"나는 학생회장 하고 싶어!"

"하고 싶은 거냐?!"

"하지만 어차피 할 수 있는걸. 분명 난, 엄청 좋은 회장이
될 거야."

조금 전까지 어쩌지, 어쩌지~ 하던 세테 씨에게서 수수께
끼의 자신감이 넘쳐났다!

"이렇게까지 나를 봐준 아코가 말했잖아. 나는 굉장하다
고, 뭐든지 가능하다고."

"지금…… 네."

지금 뭐든지 가능하다고 했나요? 라고 말하려다가 삼킨
기척이 났다.

아코도 조금 분위기를 읽게 된 모양이다.

"그러니까, 해보자, 회장!"

주먹을 꽉 쥔 세테 씨가 결의에 찬 눈동자로 말했다.

"쿄우 선배한테 부탁을 받아서 어쩔 수 없이 학생회장이

되었는데, 누구보다도 잘 하고 기대에 응해줘서 칭찬을 받고, 모두가 굉장하다~ 라고 말하게 해주자!"

와아, 결론이 무척이나 자기 본위다!

하지만 이렇게나 말하는데 이쪽도 망설임은 없다.

세테 씨가 하고 싶은 거다. 그럼 아무 문제도 없네.

"그 결론이면 되는 거지?"

"응, 걱정해줘서 고마워."

그녀는 씨익 웃었다.

"타카이시한테는 사과해야겠네."

"그러네요! 세테 씨가 나오면 이겨버릴 테니까요!"

"아무리 그래도 1학년한테는 질 수 없잖아?"

자신만만이네. 저런 말을 할 능력은 있지만.

"그렇게까지 여유롭다니 오히려 플래그로 보이는데? 세테 씨, 제대로 회장이 될 수 있을까?"

"우우, 내가 제대로 회장이 될 수 있을지 불안해? 그럼— 그래!"

손뼉을 짝 친 세테 씨가 일어났다.

"나, 모두에게 증명할게!"

"뭘 말인가요?"

"내가 누구보다도 좋은 리더가 될 수 있다는 걸! 료카가 인정하고도 남을 정도로!"

소매를 펄럭이면서 빙그르르 돈 세테 씨가 외쳤다.

"오늘 안에 쓰러뜨리겠어! 군마 씨!"

오늘 안에?! 최종까지 가는데도 힘겨운 그 보스를?!

"나라면, 할 수 있어!"

세테 씨는 자신만만하게 말했다.

"정말로 쓰러뜨릴 수 있을까요?"

"쓰러뜨린다고 했으니까 쓰러뜨릴 수 있지 않을까?"

이제 조금 남았으니까.

아키야마네 집에서 귀가 중.

옆을 걷고 있는 아코의 상태가 조금 이상하다.

대화 내용은 평소대로고, 나에 대한 리액션은 보통이다.

하지만 왠지 발걸음이 불안정하고, 미묘하게 얼굴이 붉어 보인다.

감기인가? 이 타이밍에? 그럴 리 없나?

"아코, 미묘하게 이상한 느낌이 드는데, 무슨 일 있어?"

"……실은 저기……."

아코가 뺨에 양손을 대며 말했다.

"이제 와서 부끄러워졌어요!"

"뭐가?!"

"저는 왜 그렇게 잘난 듯이 설교 같은 짓을……!"

"그게?! 그게 부끄럽다고?!"

"그치만 원래 세테 씨가 집에서 루시안과 둘만 있는 일이 없도록 따라온 거라, 그런 말을 할 생각은 전혀 없었다고요!"

아코가 없었으면 집에 들어올 일도 없었을 텐데 말이지!

"그건 즉흥적인 생각이었어?"

"대부분은요."

굉장한 애드리브네.

"다른 사람한테는 절대로 이런 짓 안 하거든요?! 그런데 어째서 하필이면 세테 씨한테……."

아우아우~ 하고 머리를 흔드는 아코는 정말로 부끄러운 것 같았다.

아코는 나를 상대로는 별로 수줍어하지 않으니까, 왠지 진귀해서 귀엽다.

"딱히 상관없잖아. 아키야마도 털어낸 것 같고."

"그래도그래도그래도~! 그런 쓸데없는 소리를 했잖아요. 세테 씨는 참견쟁이라고 말했으면서, 제일 참견쟁이인 건 저였다고요!"

"그 발언은 나한테도 꽂히니까 그만둬!"

참견쟁이 부부가 되잖아!

자칫하면 앨리 캣츠가 참견쟁이 길드가 된다고!

"세테 씨라면 분명 아무 말 하지 않더라도 스스로 해결했을 거라고요. 딱히 그럴 필요도 없었는데 일부러우우우우우우……."

"엄청 후회하고 있네."

"이런 쓸데없는 짓을 하니까 친구가 생기지 않는 거라고요."

아코는 진심으로 풀이 죽은 것 같지만…….

"아키야마는 좋아했잖아."

"참견쟁이는 참견쟁이에요. 짜증나구나~ 라고 생각했을지도 모른다고요."

"단순한 지인이나, 어쩌면 친구 정도였다면 그렇게 생각했을지도 모르지."

하지만 우리는 그렇지 않을 거다.

"절친이 걱정하는데, 짜증난다고 생각하진 않을 거라고."

"……절친."

조금 전까지 빨갰던 아코의 뺨이 더욱 슬금슬금 붉은 기운을 늘려갔다.

내가 상대일 때하고는 전혀 다른 반응이다.

"절친이니까 괜찮……은 걸까요?"

"그렇다니까. 짜증난다고 생각하는 사람이 그렇게 개운한 표정을 지을 리가 없잖아?"

그렇게 나를 봐주다니, 라며 기뻐하면서 말했었잖아.

"믿기지 않으면 물어보면 되지 않을까?"

"그건 부끄러우니까 됐어요!"

아코는 빨개진 얼굴을 숨기듯이 아래를 바라봤다.

"그래도…… 절친이 클리어하겠다고 했으니까, 오늘은 열심히 할게요."

"……그래."

예절에 대해 조금 자세히 아는 절친을 위해, 오늘은 조금 힘내보려고 한다.

†††　†††　†††

◆세테 : 그런고로, 진 군마 씨를 쓰러뜨리겠습니다!

◆†검은 마술사† : 이제 조금만 남긴 했으니까.

◆바츠 : 그 벽이 두껍잖아?

◆세테 : 괜찮아. 내가 꼭 모두를 이기게 만들어 줄 테니까.

세테 씨는 주먹을 들어 올리며 모두를 돌아봤다.

◆세테 : TMW의 메인팟은 전원이 다 모이는 날이 적어서 아직 진 알 쓰러뜨리지 못했지? 바츤네가 처음에 짰었던 사람들도 아직 멀었고, 고양이공주 씨를 끈질기게 권유하던 레이드팟도 아직 클리어하지 못했잖아.

세테 씨는 씨익 사악한 미소를 지었다.

◆세테 : 오늘 쓰러뜨리면, 엄청 잘난 척 할 수 있겠네!

◆디 : 잘난 척이라니ㅋ

◆코로 : 그런 목적으로 도전하는 건 아니지만…….

◆†클라우드† : 그렇게 말하니까 속공으로 쓰러뜨리고 싶어지는데?

◆재수인간 : 그러게.

레이드 파티 편성표

◆앨리 캣츠

- 탱커 ·· **루시안**
- 서브 탱커 ····································· **슈슈**(솔로)
- 메인 힐러 ································· **고양이공주**
- 서브 힐러 ··· **아코**
- 근거리 딜러 ···································· **슈바인**
- 근거리 딜러 ·· **세테**
- 원거리 딜러 ······························ **애플리코트**
- 원거리 딜러 ································· **미캉**(솔로)

◆발렌슈타인&고양이공주 친위대

- 탱커 ······································ **코로**(발렌슈타인)
- 메인 힐러 ···························· **미즈카**(발렌슈타인)
- 서브 힐러 ····················· **이가스**(전 고양이공주 친위대)
- 디버퍼 ···························· **유윤**(전 고양이공주 친위대)
- 근거리 딜러 ······················· **바츠**(발렌슈타인)
- 근거리 딜러 ············· **클라우드**(전 고양이공주 친위대)
- 원거리 딜러 ······················· **정크**(발렌슈타인)
- 원거리 딜러 ······················· **노엘**(발렌슈타인)

◆TMW

- 탱커 ·· **고라이오**
- 메인 힐러 ····················· **꼬마 치유의 남자 특급L**
- 서브 힐러 ································ **버섯의 콩가루**
- 버퍼 ··· **재수인간**
- 근거리 딜러 ··· **디**
- 근거리 딜러 ······································· **에리스**
- 원거리 딜러 ································ **너구리 중사**
- 원거리 딜러 ································ **검은 마술사**

◆세테 : 그렇지?

화면에 투표화면이 나왔다. 커맨더 투표다.

노 타임으로 세테 씨를 넣자, 몇 초 만에 그녀가 지휘관으로 선출되었다.

▶세테가 지휘관으로 선출되었습니다.◀

세테 씨의 모습이 스윽 사라지고, 채팅창에 다시 글자가 떴다.

▶세테 : 우정 파괴 레이드니, 길드 붕괴 드래곤이니 하지만, 우리는 레이드하면서 친해졌으니까. 군마의 나쁜 소문은 오늘로 끝내기로 하자!◀

◆유윤 : 그래, 군마도 일본이라고!

◆노엘 : 일본의 아프리카다!

◆너구리 중사 : 그거 군마에서도 똑같은 소리 할 수 있냐구리?

◆재수인간 : 너희들 군마 얕보지 마!

▶세테 : 아하하하하! 좋～아! 다들 군마로 가자! 오늘 안이니 뭐니 하는 귀찮은 소리 말고, 이번 한 판으로 쓰러뜨리자!◀

오～! 하고 모두의 목소리가 겹쳤다.

마스터와 달리 전혀 용맹스럽지 않다. 하지만 왠지 모르게 이길 것 같은 기분이 드는 호령이었다.

▶세테 : 합동 레이드, 세테와 유쾌한 동료들, 출격!◀

◆루시안 : 가자!

레이드팟 선두에 서서 알케쉬를 향해 달려갔다.

평소처럼 내가 진 알 본체의 타깃을 확보하고, 양 사이드의 베이비를 두 파티로 억누른다.

▶세테 : 페트라 확실히 피해줘! 아, 난 멋대로 떠들 테니까, 대답할 필요 없어!◀

◆루시안 : 옙, 채팅사하지 않게 조심하겠습니다.

▶세테 : 말하지 않아도 된다니까ㅋ◀

이크, 채팅 직후에 공격이 와서 가드가 아슬아슬했다. 조심해야지.

▶알케쉬의 눈동자가 요사하게 빛난다!◀

전원이 깔끔하게 페트라를 회피!

오, 미티어 마커가 한 곳, 그리고 간격을 둬서 또 한 곳!

▶세테 : 두 곳 모두 미캉이 맞아줄래?◀

◆미캉 : 네.

고개를 끄덕인 미캉이 달렸다.

미캉에게서 화살표가 뻗었다.

그런데 어째서인지 화살표가 이상하게 꺾이면서 착탄점으로 향하는 루트다. 뭐야, 저거?

미캉은 순순히 그걸 따라 달려갔는데— 우왓!

◆바츠 : 카오스 레이가 왔어!

피한 라인 위에 카오스 레이의 예고선이……?! 직선으로 갔다가는 딱 맞을 루트였다.

어떻게 알아챈 거지? 감인가? 아니면 계속해서 지휘관을 해온 경험인 걸까?

◆미캉 : 아파요.

◆아코 : 힐! 힐!

아코도 제대로 콤보를 쌓으면서 힐 스킬을 열심히 돌리는 모양이다.

▶마군의 왕이 심판을 내리려 하고 있다!◀

데미 저지먼트도 무사히 클리어!

좋아, 순조롭군, 순조로워!

채팅은 적지만 전원의 움직임에 신기하게도 일체감이 있다.

세 파티가 하나의 목표를 위해, 하나의 캐릭터처럼 움직이는 느낌이 들었다.

▶세테 : 다음 데미저가 오기 전에 제2단계 갈 수 있을 것 같으니까, 전력으로 베이비를 쓰러뜨려줘.◀

◆슈바인 : 알았어.

▶세테 : 슈슈, 아수라 써도 돼!◀

◆슈슈 : 네!

아수라봉황각! 이란 커다란 문자가 떠오르자 베이비의 HP가 단숨에 깎였다.

계속 콤보를 쌓아서 대미지를 늘려야 한다고 생각하는데, 지금 써도 괜찮은 걸까?

그리고, 그리 오래 지나지 않아서—

▶알케쉬 딥 드래곤의 날개가 어둠의 색으로 빛난다!◀

왔다! 어둠의 날개다!

어어, 나는 불이니까— 앗, 머리 위에 화살표가?!

▶세테 : 순간 망설이고 있었으니까.◀

◆루시안 : 고마워!

나는 거리가 멀어서 망설이면 정말로 위험하단 말이지.

▶어둠이 풀려난다!◀

좋아, 어둠의 날개도 무사히 넘었다.

적의 HP도 기존에 했던 것보다 빨리 깎았다. 이대로 최종까지 끌고 가고 싶다.

▶마군의 왕이 부하를 소환했다!◀

이런, 잡몹이 대량으로 나왔다.

서브팟 두 사람이 맡지 못하는 녀석들은 내가 이끌고 가려는데—

▶세테 : 슈슈, 금강!◀

◆슈슈 : 네?

▶세테 : 금강~!◀

◆슈슈 : 아, 네!

세테의 지시에 슈슈가 적 한가운데로 뛰어들어서 강체술(剛體術) 극(極), 금강! 이라는 커다란 문자를 띄웠다.

적에게 얻어맞으면서도 슈슈의 HP는 거의 깎이지 않았다.

◆아코 : 슈슈, 단단하네요.

◆루시안 : 저거, 공격이 느려지는 대신 방어력이 100배 정도로 올라가니까.

◆아코 : 강하네요?!

◆슈슈 : 하지만 타깃을 따는 스킬이 없고 콤보도 끊어지니까, 파티형 몽크는 안 써.

◆아코 : 그럼…….

◆슈슈 : 전 솔로라서.

솔로라면 위험한 국면에서 단단한 상태에서 회복하거나, 그대로 맵 바깥까지 도망치는 등 용도가 다양하다. 슈슈가 솔로이기 때문에 익힌 스킬인데, 용케 확인했네.

▶세테 : 가능한 한 쓰러뜨리고 싶으니까, 슈바인 님, 란란 부탁해.◀

◆슈바인 : 그 님자 붙이는 거 열 받지만 맡겨둬!

◆슈바인 : 란란! (｀·ω·´)

슈가 빙그르르 세 바퀴 돌자 단숨에 적의 숫자가 줄어들었다.

◆슈바인 : 아직 많이 남았어! 브레스 써버릴까?

▶세테 : 드래곤 브레스는 아껴둬!◀

◆슈바인 : 알았어.

▶세테 : 슈슈, 금강 해제, 콤보 쌓아줘!◀

이야기하는 사이에도 적의 공격 패턴이 계속 진행됐다.

◆알케쉬 딥 드래곤 : 빛이 있다면 또한 어둠도 있으리니―.

◆바츠 : 디버프 왔다!

▶세테 : 풀릴 때까지 조심해! 하지만 가급적 딜이 나오도록 힘내!◀

근거리 직업이 근거리 공격을, 원거리 직업이 원거리 공격을 하면 반사 대미지를 받는 빛과 어둠의 디버프.

각자 서툰 거리에서 싸울 수밖에 없다. 좀처럼 적의 HP가 깎이지 않는다.

그리고, 타깃을 가진 나는 정기적으로 샤우트와 가드만 할 수밖에 없어서, 엄청 한가하다!

▶알케쉬의 힘이 한 점에 집중된다!◀

◆루시안 : 마핵 온다!

◆아코 : 저기, 모르는 사이에 끝나버리던데, 이 공격은 뭐였죠?

◆루시안 : 일정 횟수 공격해서 부수지 않으면 둥지째로 붕괴하는 폭탄, 용의 마핵이라는 게 나오는 거야.

◆아코 : 전멸이잖아요!

그렇지만, 이건 언제나 확실히 클리어하고 있다.

누가 해주느냐 하면―.

◆미캉 : 맡겨줘요.

양손에 한손검을 들고 쌍검이 된 아처 미캉이 마핵을 두들겼다.

◆미캉 : 에잇에잇.

서걱서걱, 쌍검을 휘두르는 그 모습은 도저히 아처로는 보이지 않았다.

◆아코 : 공격속도 빠르네요!

◆미캉 : 레벨 밸런서로, 스테이터스가 밸런스형이 됐어요.

◆루시안 : 오히려 활을 쓸 때보다 강할 정도야.

◆미캉 : 아처가 활을 쓸 리가 없죠.

미안, 그 논리는 모르겠어!

어라? 하지만 평소에는 여러 명이 때렸는데, 이번에는 미캉밖에 때리지 않았다.

다들 상태가 좋으니까 앞서갔구나!

◆루시안 : 누가 마핵 원호 좀―.

◆미캉 : 필요 없어요.

◆루시안 : 어? 그래도 혼자서는…….

▶세테 : 괜찮지?◀

◆미캉 : 괜찮아요.

마핵의 자폭 게이지가 점점 올라가고 있는데, 이거 정말로 제때 맞출 수 있으려나?!

아니, 안 돼. 폭발 쪽이 빨라! 이걸로 전멸하는 건 좀―.

◆미캉 : 스나이핑 라이트 암.

미캉의 오른손에 들린 검이 흔들리면서 어둠 덩어리의 일각이 잘려나간 것과 동시에― 마핵의 게이지가 뚝 멎었다.

◆루시안 : 어째서 멈추는데?!

▶세테 : 오른손이 파괴되어서 일시적으로 행동불능이 된 거야.◀

아아, 저 녀석은 보스 속성이 없으니까 디버프가 통하는 건가!

◆아코 : 저 어둠 덩어리의 오른손이 대체 어느 부분인데요?!

◆미캉 : 사소한 것.

에에엑?! 이거 사소한 질문인가?

미캉은 그 상태로 게이지가 멈춘 사이에 혼자 부숴버렸다.

정말로 해줘서 다행이다.

◆애플리코트 : 핫핫핫! 나는 마법이 없더라도 딜을 낼 수 있지!

◆†검은 마술사† : 어떻게 일반 공격으로 그만한 위력이 나오는 거야.

◆애플리코트 : 지팡이라는 건 강화하면 공격력도 마법 공격력과 같이 올라간다!

일단 장비할 수 있는 단궁을 휙휙 쏘는 검은 마술사 씨와는 달리, 마스터는 지팡이 일반 공격으로 퍽퍽 두들기고 있었다.

그런데도 꽤 대미지가 나오는 걸 보면, 무기 공격력이 엄청나게 높은 거다.

▶세테 : 남은 HP, 12퍼센트까지 왔어.◀

◆바츠 : 슬슬 디버프 꺼진다.

◆슈바인 : 타이밍 완벽하네.

자, 최종단계다.

▶세테 : 11퍼센트◀

조금 뒤에 전력을 내기 위해, 전원 스킬 사용을 멈췄다.

일반 공격 타격음과 알케쉬의 울음소리만이 들리는 소굴에서, 세테 씨의 채팅이 흘렀다.

▶세테 : 10퍼센트!◀

▶알케쉬 딥 드래곤의 마력이 폭주하기 시작했다!◀

▶마군의 왕이 부하를 소환했다!◀

▶마군의 왕이 심판을 내리려 하고 있다!◀

▶알케쉬의 힘이 한 점에 집중된다!◀

▶알케쉬의 눈동자가 요사하게 빛난다!◀

▶세테 : 군마 진심 모드 왔어!◀

◆디 : 이것이 군마ㅋ

◆재수인간 : 군마에 사는 재수인간 씨가 군마에게 질 것 같으냐!

회피와 회피 지시, 공격과 공격 지시가 계속해서 겹치고, 잡몹의 숫자와 가혹한 공격이 화면을 메웠다.

이런 카오스 상태라면, 본체를 붙잡고 있는 게 일인 나는 의외로 편하지만— 응? 어라?

파티칸을 힐끗 보니, 고양이공주 씨의 HP가 상당히 위험한 상태인 것 같은데?

　◆루시안 : 고양이공주 씨, 저기―.

　곧바로 공격을 맞은 고양이공주 씨의 체력이 레드 존으로 떨어졌다.

　역시 체력이 줄어 있어!

　◆루시안 : 위험해요!

　◆고양이공주 : 냐앗?! 내 HP를 보질 못했다냐!

　꽤 자주 나오는 사소한 실수. 고양이공주 씨도 완벽하진 않다, 실수할 때도 있지.

　게다가 하이 힐을 쓴 직후의 경직을 틈타 다수의 잡몹이 고양이공주 씨에게 향하고 있었다.

　가호도 효과시간이 끊어진 거 아닐까? 지금 고양이공주 씨가 죽으면 위험한데…….

　하지만 우리가 그 채팅을 친 것과 거의 동시에―.

　▶세테 : 아코!◀

　아코에게서 고양이공주 씨로 향하는 녹색의 화살표가 그어졌다.

　◆아코 : 네!

　하이 힐이 날아가서 고양이공주 씨의 체력이 단숨에 회복됐다.

　위험했다. 여기까지 와서 끝나는 줄 알았다.

　◆고양이공주 : 살았다냐.

◆아코 : 도움이 될 게요!

◆슈슈 : 아코 씨, 굉장하다～.

◆아코 : 저는 세테 씨한테서 신뢰를 받고 있으니까요!

의기양양한 감정표현을 띄우면서 아코가 힐을 이어갔다.

▶세테 : 그렇지!◀

세테 씨는 지시를 이어가며 말했다.

▶세테 : 아코는 힐을 잘 못하니까, 여차할 때 커다란 힐을 쓸 여력이 자연스레 남을 거라는 걸, 나는 알고 있었어!◀

◆아코 : 그런 평가인 건가요?!

보통은 콤보도 쓰지 않고, 쓸데없이 하이 힐만 연타하고 있으니까!

▶알케쉬 딥 드래곤은 헬 다이버의 자세를 취했다!◀

◆알케쉬 딥 드래곤 : 빛이 있다면 또한 어둠도 있으리니―.

◆루시안 : 이런, 디버프가!

◆코로 : 진정해, 아직 시간은 있어.

▶세테 : 앞으로 130초.◀

◆검은 마술사 : 해제되고 나서 치더라도 깎을 수 있을 거야.

◆바츠 : 그보다 세테, 승리 버프 쓰라고.

▶세테 : 기다려, 앞으로 조금만.◀

◆바츠 : 남은 시간 2분이라고?! 질질 끌 의미 있는 거냐?!

◆†검은 마술사† : 오히려 이제 버프는 필요 없어.

응, 검은 마술사 씨의 말이 맞다. 평범하게 때리기만 해도 쓰러뜨릴 수 있을 거다.

　▶세테 : 나머지 1퍼센트.◀

　◆바츠 : 좋았어! 가자!

　그냥 있어도 쓰러뜨릴 수 있을 텐데, 바츠가 앞으로 튀어 나갔어?!

　근거리 딜러니까, 디버프 중에는 다가가도 공격할 수 없잖아! 그보다 포지션은?!

　◆루시안 : 디버프 아직 안 풀렸어!

　◆바츠 : 앞으로 30초면 꺼진다고. 그러면 전력으로 쓰러뜨릴 수 있잖아.

　◆†검은 마술사† : 그 말이 맞아.

　마찬가지로 검은 마술사 씨도 달려갔잖아!

　◆애플리코트 : 두 사람 다 포지션을 지켜라!

　◆바츠 : 이제 곧 쓰러뜨릴 수 있잖아!

　◆†검은 마술사† : 라스트 어택은 양보할 수 없지.

　라스트 어택 따러 간 거야?!

　◆루시안 : 그런 걸 위해 진형 무너뜨리지 말라고!

　◆바츠 : 뭐? 레이드에서 공헌도가 높은 건 퍼스트 어택이랑 라스트 어택이라고!

　◆†검은 마술사† : FA는 루시안 고정이야. 그러면 LA만 따면 내가 MVP지.

　쪼잔해! 저 두 사람 하는 짓이 쪼잔해!

평소였다면 정해진 포지션에 있어야 하는데, 그걸 무너뜨리면서 알케쉬에게 다가가고 있어!

▶세테 : 응, 그럴 거라 생각했어.◀

어? 생각했다니, 그건―.

▶세테의 인도가 벽이 된다!◀

◆†검은 마술사† : 뭣?!

◆바츠 : 야, 방해야!

아군의 진로를 방해하듯이 벽이 나왔다!

◆바츠 : 야, 무슨 속셈이야.

▶세테 : 뭐냐니, 이건―.◀

▶알케쉬 딥 드래곤의 날개가 어둠의 색으로 빛난다!◀

그때, 채팅과 겹치면서 안내문이 떴다.

잠깐, 여기까지 와서 어둠의 날개냐고!

◆바츠 : 켁?!

◆†검은 마술사† : 여기서 어둠의 날개?!

팔각형 마법진이 세 곳에 나타나고, 각 캐릭터 위에 문장이 나타났다.

나도 내 문장이 있는 곳에 가야지.

▶세테 : 자, 서둘러 돌아가.◀

◆†검은 마술사† : 하하하, 그렇군.

세테 씨의 화살표에 따라 이동하던 검은 마술사 씨가 즐겁게 말했다.

◆†검은 마술사† : 디버프가 끊어지는 걸 근처에서 기다렸다면 나와 바츠는 어둠의 날개 회피 지점으로 돌아갈 수 없었어. 그 시점에서 파티는 괴멸이야.

◆바츠 : 아슬아슬하게 쓰러뜨리지 못하고 끝장이란 건가. 젠장. 알고 있었으면 말하라고.

세테 씨는 망설이는 사람의 이동 위치를 지시하면서 말했다.

▶세테 : 어? 아니. 그건 아닌데?◀

◆바츠 : 어?

▶어둠이 풀려난다!◀

무사히 어둠의 날개를 회피하고, 알케쉬 딥 드래곤 근처에 있던 메인 파티— 즉, 앨리 캣츠의 멤버를 선두로 해서 보스를 덮쳤다.

▶세테 : 여기서, 드래곤 브레스!◀

◆슈바인 : 기다리다 지쳤다고! 이것이! 이 몸의! 불꽃이다 아아아아아!

알케쉬에도 뒤지지 않는 커다란 드래곤으로 변한 슈의 불꽃이 남은 1퍼센트를 아슬아슬하게 깎았다. 그러나 미묘하게 다른 위치에 맞은 브레스는 끝장을 내지 못했다.

남은 건 0.1퍼센트!

▶세테 : 마무리 부탁해!◀

마스터에게서 뻗어 나온 화살표가 알케쉬의 머리로 향했다.

그 사이에 마스터의 영창이 끝났다.

◆애플리코트 : 맡겨둬라. 이것이 미니 따위가 아닌, 진짜 미티어다!

하늘에서 떨어진 운석이 내 눈앞에서 알케쉬의 머리에 착탄! 마지막 게이지가 깎이고, HP 게이지가 깨지듯이 파괴되었다. 파괴, 되었어?

오, 오오! 진짜냐?! 진짜로 쓰러뜨린 건가?!

◆루시안 : 해…….

◆아코 : 해냈어요!

▶세테 : 역시 우리야!◀

◆코로 : 좋～았어!

◆이가스 : 수고하셨습니다!

◆디 : 템 뭐야? 뭐야?ㅋ

◆고라이오 : 두 번 다시 안 해.

◆재수인간 : 이 기세로 올해는 합격하고 싶어.

◆유윤 : 그럼 공부하는 게 낫다고ㅋ

◆정크 : 대전용 캐릭터로 용케 클리어했네.

◆노엘 : 정말～.

◆†클라우드† : 고양이공주 씨를 위하여!

◆고양이공주 씨 : 냐아～!

◆슈슈 : 수고하셨습니다～!

◆미캉 : 수고, 입니다.

◆꼬마 치유의 남자 특급L : 이거 저번 마지막 때 클리어했

으면 오늘은 쉴 수 있었는데.

◆버섯의 콩가루 : 수고가루.

◆너구리 중사 : 수고구리.

◆미즈카 : ^^

◆슈바인 : 아아, 드래곤 브레스로 끝장내고 싶었는데!

◆애플리코트 : 하하하하! 미안하군.

◆에리스 : 드롭템으로 도끼 나오면 붕붕 휘두를 거야!

◆바츠 : 유감, 드롭템은 쓰레기 같아.

◆†검은 마술사† : 우선은 클리어를 축하하자고.

다시금 보니 사람 많네!

그리고 MVP 마크가 빛나는 것은 누구냐 하면―.

◆슈바인 : 마스터 MVP 축하.

◆애플리코트 : 역시 나의 딜이 No.1이로군!

마스터 위쪽에서 MVP라는 글자가 찬란하게 빛났다.

왠지 회장 은퇴를 앞둔 마스터의 마지막 훈장 같은, 그런 기분이 들었다.

◆세테 : 지쳤어~!

전투가 끝나서 커맨드 모드가 해제됐는지, 세테 씨의 캐릭터가 내려왔다.

착지한 세테 씨는 바츠와 검은 마술사 씨에게 말했다.

◆세테 : 미안, 그저 마지막은 우리 길드 사람이 쓰러뜨려 줬으면 해서, 벽 꺼냈어.

◆루시안 : 풉!

너무해! 그걸 위해 버프도 걸지 않고 CP 남겨뒀던 거냐!

◆바츠 : 제멋대로잖아ㅋㅋㅋ

◆†검은 마술사† : 리더, 마지막의 마지막에 그거야?

◆세테 : 그치만 하고 싶은 대로 하는, 제멋대로인 사람이 리더답잖아?

전혀 미안해하지 않는 세테 씨에게 두 사람이 어깨를 떨궜다.

◆바츠 : 부정은 못하겠네.

◆†검은 마술사† : 그야말로 너와 똑같으니까.

◆바츠 : 너한테는 듣고 싶지 않아. 그보다 아이템 나눈다.

두 사람이 드롭 아이템을 재확인했다.

이렇게 보면 사이좋아 보이는데 말이지.

◆루시안 : 이야~, 설마 이길 줄은 몰랐네.

◆세테 : 브이!

세테 씨가 파티챗으로 전환해서 말했다.

◆세테 : 이걸로 나는 최고의 지휘관! 최고의 회장이 될 수 있겠어!

◆슈바인 : 그래그래, 최고최고~.

◆아코 : 열심히 해주세요!

최고의 지휘관이라면, 마지막까지 일을 해줘야겠지?

◆루시안 : 그럼 지휘관님.

◆세테 : 응?

나는 알케쉬의 시체 위에 있는 두 사람을 가리켰다.

◆†검은 마술사† : 드롭템은 사전에 희망사항을 냈었잖아? 이 이상 다투는 일은 삼가줬으면 좋겠어.

◆바츠 : 제3희망이 운 좋게 맞은 녀석한테 줄 바에는 그냥 전원 주사위 굴리면 되잖아.

◆†검은 마술사† : 뭘 위해 희망사항을 정했다고 생각하는 거야.

◆바츠 : 알고 있다니까, 두 번째까지는 군말하지 않았을 거야. 근데 이건 첫 번째 드롭템인데도 제3희망행이라고? 그렇다면 그렇게 규칙대로 넘겨줄 필요는 없지 않느냐, 라는 거야.

◆루시안 : 드롭 아이템으로 다투고 있는 저 두 사람을 어떻게 좀 해줘.

◆세테 : 아아, 정말! 싸움은 그~만~!

††† ††† †††

『1학년 5반 니시무라 미즈키 양이었습니다.』

미즈키가 긴장된 발걸음으로 내려왔다.

그 모습을 바라보면서 나는 가슴을 쓸어내렸다.

"여동생, 좋은 응원 연설이었네."

"나는 심장이 멎는 줄 알았지만."

오늘은 학생회 선거, 투표일.

오후부터 전교생이 모여 입후보자와 그 응원자의 연설이 진행 중이다.

예년 같으면 6교시만으로 끝나는데, 올해는 5교시 때부터 시작해서 계속 이어지고 있다. 이번 선거가 얼마나 성황이 었는지 알 수 있다.

그리고 입후보자 중 한 명, 타카이시의 응원 연설은 설마 하던 미즈키여서, 당당히 단상에 올라왔을 때는 무슨 일인 가 싶었다.

하지만 그 내용은, 매일 교문에 서서 인사를 하고, 한 명 한 명에게 말을 걸기 위해 각 반이나 부활동을 돌던 그녀를 칭찬하는, 무척이나 제대로 된 연설이었다.

사전에 상담하지 않았던 건, 일단 아키야마를 응원하는 나를 배려한 것이겠지. 이상한 부분에서 똑 부러진 여동생 이다.

그리고 다음으로 단상에 올라온 사람은—.

『1학년 2반, 타카이시 료카 양, 부탁드립니다.』

"네!"

단상에 선 타카이시가 천천히 고개를 숙이고 마이크를 잡 았다.

"1학년 2반, 타카이시 료카입니다."

그리고 우리에게 보여줬던 빛나는 눈동자 그대로, 관객을 돌아봤다.

"제가 오늘 이때까지 목표로 삼고 있었던 것은, 이 자리에서 『처음 뵙겠습니다』라고 말하지 않는 것이었습니다. 선거가 치러지는 그날까지, 이 학교의 모든 분들이 제 얼굴을 알고 계셨으면 좋겠다. 그렇게 생각해서, 가능한 한 여러분과 얼굴을 마주하기 위해 노력해 왔습니다."

"매일 교문에 서 있었죠."

"얼굴은 익숙하지."

아코와 드문드문 대화를 나누면서 타카이시의 이야기에 귀를 기울였다.

"그리고 다음 목표는, 제가 여러분의 얼굴과 이름을 모두 기억하는 겁니다. 현 회장이신 고쇼인 선배가 말씀하셨듯이, 노력하는 사람이 보답받기 위해서요. 저는 여러분 한 사람 한 사람의 노력을 절대로 저버리지 않는 회장이 되겠습니다. 그리고 무엇보다도—."

잠시 말을 끊고 힘차게 고개를 들었을 때, 스포트라이트에 비친 타카이시는 어딘가 빛나 보였다.

분명 열기가 모이는 강당에서 연설을 하고 있으니 땀이 맺힌 거겠지. 하지만 그렇다 해도, 좋은 타이밍이었다.

왠지 나도 절로 응원하고 싶을 정도였다.

"제가 이 학교에서 제일, 누구보다도 학교를 위해서 노력하겠습니다. 오늘까지 이어져 온 나날들 중에 그 마음이 조금이라도 전해졌다면, 타카하시 료카에게 투표를 부탁드립니다. 반드시 여러분의 기대에 보답하겠습니다!"

말을 일단 끊은 뒤, 타카이시는 다시 고개를 숙였다.

"분명 매일 질릴 만큼 들으셨을 거라 생각합니다. 하지만, 이 말도 이번이 마지막입니다. 아무쪼록, 타카이시 료카를 잘 부탁드립니다!"

연설이 끝난 것과 함께 우레와 같은 박수가 강당을 감쌌다.

굉장한 일체감이 느껴졌다. 바람, 불고 있네. 확실히.

아키야마가 없었다면 이 아이가 당선됐을 것 같다. 정말로.

그럼, 다음은—

『사나다 타츠야 군의 응원 연설은, 1학년 1반, 마에다 켄지로 군입니다.』

"축구부의 마에다임다! 여기서 축구공 리프팅 100번 도전할 테니, 성공하면 타츠야에게 투표 부탁드림다!"

강당 안에서 툭툭 공을 차올리는 소리가 울렸다.

우와, 가벼운 연설이네. 흥겹긴 하지만.

그때 세가와가 슬쩍 일어서서 이쪽으로 다가왔다.

"저기, 이제 얼마 안 남았으니까, 나나코 응원하러 안 갈래?"

"자리에서 벗어나도 괜찮나요?"

"응원 정도는 딱히 상관없잖아."

그치? 라며 힐끔 선생님을 바라봤다.

그 시선을 눈치챈 선생님은 살짝 윙크를 했다.

싫다~, 이 선생님 멋있어!

"좋아, 가자."

"네."

우리는 살금살금 자리에서 일어나 방해가 되지 않도록 강당 뒤로 이동했다.

그 사이에도 연설은 진행됐다.

『아키야마 나나코 양의 응원 연설은, 3학년 1반, 고쇼인 쿄우 양.』

아키야마의 응원 연설을 맡은 마스터의 차례가 오고 말았다.

"……."

마스터는 이쪽을 힐끔 보고는 훗 하고 뺨의 힘을 풀었다.

우리는 마스터 걱정은 하지 않으니까, 라며 엄지를 세웠다.

"회장인 고쇼인 쿄우다. 모두의 앞에서 이렇게 말할 기회도, 앞으로 몇 번 안 남았겠지―."

마스터의 응원 연설 중에 슬쩍 대기실로 들어갔다.

"어라? 다들 어쩐 일이야?"

그곳에는 느긋하게 차를 마시는 아키야마가 있었다.

"긴장하지 않을까 싶었는데, 전혀 아니네."

"아하하~."

아키야마는 가볍게 웃으며 손을 흔들었다.

"두근두근하긴 하지만, 어째서일까. 신 군마 최종단계에 들어갔을 때보다는 훨씬 차분한 기분이 들어."

"게임하고 현실은 다르거든."

"아, 원조다, 원조."

"다르지 않다고요."

"내가 말했을 때만 정정하는 거냐."

모두 웃으면서 긴장된 분위기가 더욱 빠져나간 것 같았다.

"세테 씨가 차분해서 다행이에요."

"아코도 걱정해줘서 고마워."

"저기, 이상한 참견을 해버렸으니까요."

"아냐, 기뻤어!"

"······네!"

싱긋 웃은 아키야마가 일어섰다.

대기실은 방음이 확실해서 마스터의 목소리도 들리지 않는다.

하지만 그녀는 연설이 끝날 타이밍을 알고 있었는지, 타이밍 좋게 대기실 바깥쪽으로 향하던 그녀 앞에서 문이 열렸다.

"아키야마 나나코 양, 준비해 주세요."

"갔다 올게~."

"아, 잠깐, 나나코!"

갑자기 불러 세운 세가와의 목소리는, 어딘가 굳어진 것처럼 느껴졌다.

왜 저러지? 세가와.

"왜 그래? 아카네."

"저기……."

세가와는 어울리지도 않게 우물쭈물 말을 고른 뒤—.

"나나코, 정말로 회장이 될 생각으로 연설할 거야? 지금이라면 농담으로 끝날 텐데?"

"아하하, 고마워."

아키야마는 부드럽게 웃었다.

"하지만 괜찮아, 이미 정했으니까. 쿄우 선배를 위해, 아코를 위해, 나를 위해, 회장이 되고 올게!"

그녀는 그렇게 말하며 당당하게 나갔다.

"하아…… 괜찮을까……."

"세테 씨니까, 즐겁게 할 거예요."

"그런 의미가 아니라…… 뭐, 됐어. 쟤도 가끔은 저지르는 편이 자기를 위해서 좋겠지."

세가와가 가볍게 한숨을 내쉬었다.

무슨 뜻이지? 뭔가 불안한 점이라도 있는 건가?

그때, 아키야마와 교대하듯이 마스터가 대기실로 들어왔다.

"너희들, 응원하러 온 거냐."

"마지막 정도는 말이지."

"그럼 기왕 이렇게 됐으니, 세테의 화려한 무대를 보도록 하자."

여기선 안 들리니까.

우리는 대기실을 나와 스테이지 옆에 살짝 섰다.

단상에 선 아키야마가 확실히 보이는 위치다.

땀 같은 게 없더라도, 보면 알 수 있을 정도로 빛나고 있네. 저 사람.

오라가 있다는 건 이런 걸 말하는 거겠지.

"우와, 굉장하네요. 루시안."

"압력이 있네."

"압력이 있네요."

"압력이란 게 뭐냐."

마스터가 넘쳐날 정도로 갖고 있는 그거.

"너희도 제대로 들어."

이크, 맞다.

아키야마는 마이크를 잡고 풍부한 표정으로 이야기를 하듯이 말했다.

"—그러니까 저는, 사실 그다지 학생회장이 될 생각이 없었습니다. 료카는 엄청 좋은 회장이 될 것 같으니까, 저 같은 건 필요 없을 것 같았죠."

숨김없이 본심을 털어놓는 아키야마의 말에 회장에서 약간 웃음소리가 들려왔다.

"하지만 지금의 저는 여기에 서 있습니다. 누군가에게 기대를 받아서가 아니라, 제가 하고 싶다고 생각했으니까요. 누군가가 슬퍼하더라도, 원하는 게 있으니까요."

서서히 분위기를 끌어올리듯이, 아키야마의 목소리 톤이 올라갔다.

"네, 그렇습니다. 제가 이렇게 모두 앞에서, 저를 회장으로 뽑아 주세요, 라고 말하자고 생각하게 된 것은—."

아키야마는 마이크를 쥐지 않은 오른손을 힘차게 들며 말했다.

"내가 제일, 회장을 잘 할 수 있으니까!"[#4]

……어라?

왠지 어디서 들어본 것 같은 대사인데?

"혹시 건둠?"

"건둠이네요."

"잠깐, 내부가 떠들썩하잖아."

여기서 저런 발언이 나오다니 저 사람도 꽤나 오염되었구나.

하지만 남자들 대부분은 꽤나 끓어오르는 것 같은데?

"제가 누구보다도 좋은 회장이 된다면, 그러면 저를 응원해 준 모두에게 은혜를 갚을 수 있으니까. 그래서 저는 여기에 서 있습니다. 저라면 분명히, 모두가 최고의 고등학교 생활을 보낼 수 있게 해줄 수 있을 테니까요. 그러니—."

아키야마는 마무리로 우아한 동작으로 손을 내밀었다.

"저를 학생회장으로 뽑아 주세요!"

#4 『내가 제일, 회장을 잘 할 수 있으니까!』 TV애니메이션 『기동전사 건담』의 등장인물, 아무로 레이의 명대사 『僕が一番, ガンダムをうまく使えるんだ』(내가 제일, 건담을 잘 다룰 수 있어.) 패러디.

강당 전체에 박수가 퍼졌다.

역시나. 오늘 최고로 열기가 넘치는 것 같다.

"좋은 분위기 아니냐."

마스터는 만족스럽게 끄덕였다.

"그러네요."

"그러, 네."

아코는 기뻐 보이는데, 세가와는 어째서인지 미묘한 얼굴이었다.

"다녀왔어~."

돌아온 아키야마가 이마의 땀을 닦으며 미소를 지었다.

"할 건 다 하고 왔어!"

"수고했어."

"좋은 연설이었어."

"근데 왜 마지막이 그래?"

"그냥 무심코 말해버렸어!"

무심코였냐? 이 사람도 완전히 오염됐네.

"자, 투표하고, 결과를 기다리자!"

기분 좋게 말한 아키야마는 투표를 위해 움직이기 시작한 학생들의 뒤를 쫓아 걸어갔다.

그래, 결과인가……. 선거에는 결과가 있었지.

투표는 즉시 개표되지만, 개표가 끝나기 전에 하교시간이 되고 만다.

일반적인 학생은 다음 날에, 결과가 신경 쓰이는 학생은 학교에 남아서 투표 결과를 기다리게 된다.

그러므로 우리는 현대통신전자 유희부 부실에서 결과를 기다리고 있었다.

"왠지 두근두근하네."

"최종단계하고 비교하면 어느 쪽이 더 두근두근한가요?"

"비슷하지 않을까?"

"어둠이 풀려난다!"

"잠깐, 아코! 자기가 피하지 못하는 기술을 쓰는 건 그만둬."

대화를 나누던 중에 문이 찰칵 열렸다.

"기다리게 했구나."

"아, 마스터."

"빠르네. 벌써 개표 끝난 거야?"

인원을 생각하면 조금 더 걸릴 줄 알았다.

"아니, 아직 끝나진 않았다. 하지만 일단 학생회장 투표 결과가 나와서 말이다."

"무슨 뜻이야?"

"과반수가 다 집계된 거 아냐?"

"음, 집계상 역전은 불가능하겠지."

"그렇게나 입후보했는데?!"

그 정도로 많은 인원이 입후보했는데 그렇게나 차이가 난 건가?

마스터는 자세를 바로잡고, 아키야마를 빤히 바라봤다.

"올해 학생회장은—."

그리고는 시선을 밑으로 내리고—.

"타카이시 료카로 정해졌다."

——.

—어라?

"세테 씨…… 진 건가요?"

"진짜로?!"

이 아키야마가 선거에서 졌어?!

"평범하게 졌던 거지?"

"그것도 큰 차이였다."

"큰 차이인가……. 하긴 그렇지."

왜 세가와는 납득하고 있는데?!

"에에에에에엑?!"

그리고 결과에 가장 놀란 건 아키야마인 것 같았다.

"나 졌어?! 그것도 큰 차이로?!"

"그야 어쩔 수 없지."

세가와는 쓴웃음을 지었다.

"매일 아침 교문에서 인사하고, 방과 후에나 쉬는 시간에도 이런저런 부활동이나 반에 가서 여러 사람과 대화를 나누고. 1학년의 개, 엄청 노력했었다고."

"매일 아침 교문에 있었죠."

"확실히 엄청 노력했었지."

그러니까 그런, 자신이 가장 노력했습니다, 라는 연설에 조금 마음이 움직였다.

그에 비해서⋯⋯.

"반대로 나나코, 선거기간 중에 뭐했어?"

"⋯⋯온라인 게임?"

"그래서야 떨어지겠지."

"듣고 보니 그랬어!"

자기가 한 말에 놀란 세테 씨가 새파래졌다.

그렇구나. 그런 거였구나.

나는 아키야마가 회장이 되고 싶은가 아닌가, 그것만 생각하고 있었는데.

이길지 질지에 대해 생각한 건, 처음의 처음뿐이었다.

사실은 나갈지 말지가 아니라, 그쪽을 신경 썼어야 했는데.

"나도 완전히 잊고 있었다. 우리는 선거전 자체를 하지 않았지."

그렇게나 입후보자가 많고, 엄청 노력하는 사람도 있으니까, 전력으로 했어도 평범하게 졌을지도 모르는데, 이쪽은 온라인 게임만 하고 있었으니까.

그야 큰 차이로 지더라도 이상하지 않다.

"그러니까 난 중간부터 신경 쓰지 않았었는데. 설마 진심으로 회장을 할 생각일 줄은 몰랐어."

세가와가 요즘 그다지 걱정하지 않았던 건 이것 때문이었던 거냐!

일부러 최종확인까지 했었지! 그거, 어차피 떨어질 텐데 진짜로 연설 할 거야? 라는 확인이었던 거냐!

그런 세가와에게 마스터가 나지막하게 말했다.

"그렇군. 아무것도 하지 않았는데, 누구보다도 좋은 회장이 되겠다며 나섰으니."

"하웃!"

"내가 제일, 회장을 잘 할 수 있으니까! 였던가?"

"냐웃!"

"의기양양한 표정이었죠."

"그만둬어어어어어어어어~!"

아아, 모두가 괴롭히니까 아키야마가 울어버렸잖아.

"맞아, 생각해 보니 이상했어! 나는 왜 당선될 거라 생각했던 걸까?!"

"그야 전력으로 하면 당선될 것 같았으니까."

"그, 그건 그럴지도 모르지만……."

애초에 지명도가 다르니까, 아마 똑같이 선거전을 준비했으면 당선됐을 거라 생각한다.

"내가 생각하기에는—."

세가와가 웃음을 참으며 말했다.

"나나코의 인생에서, 해야 할 일을 하지 않고 아무래도 좋은 일에 시간을 쓴 적은 여태껏 없었잖아? 그래서 착각한 거야."

"착각……?"

"자기가 노력하고 있으니까, 해야 할 일을 하고 있다고 생각한 거지?"

"응. 엄청 노력했으니까 괜찮을 거라 생각했어…… 하지만!"

아키야마가 머리를 감싸 쥐었다.

"레이드 보스 대책에 노력했을 뿐인데, 당선될 리가 없었어!"

하긴 그렇지~.

한껏 질질 끌어댄 끝에 평범하게 낙선이라니, 아무리 그래도 이건 웃음밖에 안 나왔다. 말하진 않겠지만.

"뭐, 좋은 마무리 아닐까?"

"진지하게 노력한 사람이 이긴다, 세상은 그런 법이겠지."

"그렇다고 재미 삼아 입후보한 사람하고 같은 취급으로 지다니…….."

그때, 똑똑 문을 노크하는 소리가 들렸다.

문을 열자—.

"수, 수고하셨습니다."

차기 학생회장, 타카이시였다.

"아, 료카……."

"저기!"

타카이시는 아키야마가 뭐가 말하기도 전에 고개를 꾸벅 숙였다.

"감사합니다!"

"어…… 아니, 무슨 감사?"

"모두에게서 들었어요. 아키야마 선배는 어느 반에도, 어느 부에도 친구가 있는데도, 누구에게도 응원해달라고 말하지 않았다고."

"으윽!"

직전까지 하고 싶은 걸까~, 어떻게 할까~ 라고 했었으니까!

"저를 응원해 주셔서, 미즈키와 미캉의 등도 밀어 주셨던 거죠?"

밀어 준 건 나입니다, 죄송합니다!

"제가 고쇼인 선배를 존경하는 것도 알고 계시니까, 이렇게 벽이 되어 주셔서……."

"저, 저기……."

아키야마가 엄청 죄책감으로 가득한 표정이 되었어!

"무엇보다 마지막으로, 저는 좋은 회장이 될 거라고 말해 주셨잖아요!"

"그건―"

"선배가 말씀하셨듯이, 분명 정말로, 누구보다도 선배가 좋은 회장이 될 거라고 생각해요. 그래도 모두가 저를 선택해 주셨으니까, 열심히 노력하려고 해요!"

"─응."

아키야마는 미소를 지으며 차기 회장에게 손을 내밀었다.

"당선 축하해."

"감사합니다!"

두 사람은 굳은 악수를 나눴다.

선거전을 통해 경쟁했던 두 사람의 아름다운 순간이었다.

경쟁─ 경쟁한, 걸까?

"……한 가지, 약간 정정."

그때, 아키야마가 살짝 손을 떼며 말했다.

"부끄러운 이야기지만, 난 정말로 회장이 되려고 생각했었어."

"……엑?"

"그야 엑, 이라는 반응이 나오겠지."

"그만해, 부끄러우니까!"

아키야마는 얼버무리듯이 한 손을 내저으면서 타카이시를 돌아봤다.

"그리고, 말이지."

새빨개진 얼굴로, 그래도 새로운 회장을 똑바로 바라보며 말했다.

"료카는 나보다도 좋은 회장이 될 거야!"

내가 말하는 거니까 틀림없어, 라며 아키야마는 미소를 지었다.

"네!"

"그래, 나도 그렇게 생각한다."

두 사람을 지켜보던 마스터가 천천히 걸어 나왔다.

"저기, 회장님……."

"인수인계에 관해서는 내일부터 순차적으로 진행할 거다. 익혀야 할 게 많겠다만, 따라올 수 있겠지?"

"네!"

"음. 안심하고 맡길 수 있는 이가 회장이 되어 줘서 다행이군."

"감사합니다!"

다시 한 번 고개를 숙인 타카이시는 부실을 나갔다.

그때, 문 바깥에서 기다리던 두 여학생이 시야에 들어왔다.

한 명은 미안해, 라는 듯이 양손을 맞댔고, 한 명은 엄지를 척 들어보였다.

한 명은 내 여동생이고, 한 명은 도서위원 후배. 친해보여서 좋군.

학생회에 말려들지 않도록 조심하라고~.

"내가 생각하던 인재가 당선되진 않았지만, 그래도 만족이다."

"그러네."

"그리고, 무엇보다도—"

마스터는 두통을 억누르듯이 이마에 손을 댔다.

"이 학교의 대다수 학생들은, 우리보다도 멀쩡하다는 걸 알게 되어 안심했다."

"온라인 게임 폐인보다 못난 녀석들은 그리 많지 않다고."

"정말이라니까."

최근의 그 고생은 뭐였던 걸까.

어차피 떨어질 거라면 이런 걱정 할 필요도 없었는데.

"그래도, 모두가 입후보해줘서 다행이야."

아키야마가 뭔가 떨쳐낸 듯한 표정으로 말했다.

"전혀 노력하지 않은 내가 신임투표로 당선되었다면, 분명 계속 착각하고 있었을 거라 생각해. 나는 아무것도 하지 않았으니까 떨어진 게 당연했던 거야."

아무것도 하지 않았다고, 아키야마는 그렇게 말했다.

하지만 마스터는 천천히 고개를 내저었다.

"아무것도 하지 않은 건 아니지. 선거기간 중, 세테는 필사적으로 노력하지 않나."

"그러니까 그건 게임 이야기잖아?"

"그래. 그렇기에, 이걸로 거리낌 없이 말할 수 있을 것 같다."

마스터는 아키야마의 어깨에 손을 올리며 선언했다.

"현대통신전자 유희부, 다음 부장은 너다. 세테."

"……에? 에에에에에에에에엑?!"

뭔지 잘 모르겠지만, 다음 부장으로 지명됐다!

"어째서 난데?!"

"나는 예전부터 누가 다음 부장으로 좋을지 고민해 왔다. 슈바인은 앞무대에는 나서지 않아. 아코는 적성이 없지는 않지만, 본인에게 그럴 의지가 없지. 루시안은 나쁘지는 않지만 부부장이야말로 그의 천직이다."

응응, 세가와는 부장 회의 같은 데 절대로 나가지 않을 거고, 아코는 애초부터 부장 같은 걸 시키면 무조건 도망칠 거고, 나는 서브 마스터 정도가 어울리니까.

최악의 경우 부장을 하는 것도 각오하고 있었지만, 분명 나보다도 아키야마가 어울릴 거라 생각한다.

"그렇기에 세테가 적임이었지만— 지명하기에는 아무래도 온라인 게임을 향한 열의, 진심이 보이지 않았지."

하지만, 하고 마스터는 기쁜 듯이 말했다.

"이번 레이드 보스에서, 세테의 진심을 충분히 볼 수 있었다."

"내 진심……?"

"음. 멋진 리더였다!"

마스터는 만족스럽게 가슴을 폈다.

"그 지휘능력, 관리능력, 카리스마, 어느 것도 부장이 되기에 충분히 어울리는 것이었다! 훌륭하다, 세테! 합격이다!"

"축하해요, 세테 씨!"

"힘내, 아키야마!"

"기쁘긴 하지만, 기쁘지 않아! 부장을 한다고 말한 적은 없다고!"

"뭐, 마스터가 부활동을 은퇴하는 건 문화제 이후잖아. 아직 시간은 있어."

"니시무라. 그 사이에 각오를 다지라는 말투 아냐?!"

아, 들켰나?

곤혹스러워하는 아키야마를 어딘가 다정한 눈으로 바라보던 세가와가 말했다.

"하지만 잘 됐네. 나나코. 열심히 했던 걸 제대로 봐주는 사람이 있어서."

"그건, 응, 열심히 했던 게 헛수고가 아니었던 것 같아서 기쁘지만……."

그렇지. 확실히 선거에서는 노력하지 않았으니까 져버렸지만, 제대로 노력한 결과를 봐주는 사람이 있었다.

현실의 후계자가 아니라 게임의 후계자로 지명했다는 건, 마스터에게는 최고의 평가다. 분명히!

"그것만이 아니에요, 세테 씨. 이것 좀 보세요."

"어, 뭔데? 게임?"

아코가 보여준 게임 화면에는―.

◆바츠 : 야, 세테 아직 안 오냐? 다음 레이드 회의하자고.

◆†검은 마술사† : 다음에는 『여기에 만들었던 길드가 도

망쳤다』레이드로 유명한 『종언의 마검사, 그란소드 가디언』
에 도전해 보려고 하는데.

◆바츠 : 앙? 세테는 우리 쪽에서 데려갈 거거든? 너네는
제대로 못 다루잖아.

◆†검은 마술사† : 성가신 녀석들밖에 없는 발렌슈타인을
자기가 한데 모으고 있다고 해서, 타인에게 의지하는 건 길
드 마스터로서 과연 어떨까?

◆바츠 : 네가 그런 말 할 수 있냐? 짜샤!

"이거 보세요. 세테 씨 대인기라고요."

"역시 기쁘지만 기쁘지 않아!"

세테 씨는 정말 말 그대로, 기쁜 듯도 하고 기쁘지 않은
듯도 한 복잡한 표정으로 머리를 감싸 쥐었다.

"역시 내 후계자로군. 위대한 길드 마스터이자 학생회장이
자 부장인 내 뒤를 한 사람이 이어받는 건 불가능했지만,
현대통신전자 유희부 부장의 후계자인 세테조차도 이 정도
의 평가라니!"

마스터는 「나의 보는 눈은 확실하구나!」라며 웃었다.

아니, 저기, 기분이 좋은 와중에 미안하지만⋯⋯.

"이번에 마스터, 너덜너덜했잖아."

"선거도 실패했고, 지휘관도 못했고요."

"그보다 그렇게 남을 멋대로 움직이려고 하니까 커맨더도
잘린 거 아냐."

"가장 참견쟁이는 쿄우 선배였네."

"크허억!"

어라?! 다 알고 한 일인 줄 알았는데, 마스터가 의외로 대미지를 받았어!

"그, 그랬었지…… 타인은 내가 움직이는 유닛이 아니라, 의지를 가진 인간이니까."

휘청휘청 일어선 마스터는 아키야마를 바라봤다.

"무리하게 강요할 생각은 없다. 어떠냐, 세테. 내 후계자, 맡아주지 않겠나."

"으~음……."

아키야마는 싱긋 웃으며, 망설임 없이 말했다.

"일단 보류할게!"

"또다시 보류라고?!"

역시 이 사람도 글러먹은 인간이야!

"마이페이스인 게 세테 씨답네요."

아코는 포근하게 모두를 바라보며 말했다.

남 일 같은 표정 짓기는!

……그렇지는 않나? 이번에는 오히려 남 일인데도 얽히러 간 쪽이니까.

"야, 아코. 혹시 아키야마가 떨어질 거라는 거 알고 있었어?"

왠지 다짐을 받으려는 듯이, 세테 씨라면 괜찮아요! 라고 말했었고.

"그게…… 아무것도 하질 않으니까, 어쩌면 안 될지도, 라는 생각은……."

아코는 슬쩍 눈을 돌리며 말했다.

예감은 하고 있었나. 이래 봬도 꽤 건조한 아코다운 태도이기는 하다.

"그럼 왜 아키야마의 등을 밀어주려고 했는데?"

"세테 씨는 줄곧 사양하고 있었으니까요."

긴장이 풀린 듯이 웃는 아키야마를 바라보며, 아코는 말했다.

"뭐든 할 수 있으니까, 어디까지 해도 되는지 잘 모르는 것 같았거든요."

"사양, 이라……."

조금 이해가 가기도 했다.

언제나 누군가를 위해 도움이 되려고, 자신이 하고 싶은 게 아니라 남을 위해서 움직이고 있었던 기분이 든다.

"하지만 사양하지 않게 되면, 분명 자신을 위해 전력을 다하는 세테 씨를 볼 수 있을 것 같았어요."

"그 결과, 그 커맨더가 태어난 건가……."

"굉장했었죠!"

아코는 양손을 꼬옥 쥐면서 정말로 기쁜 듯이 말했다.

"진심을 다하는 세테 씨, 엄청 믿음직했어요! 이걸로 저는 좀 더 농땡이를 부릴 수 있어요!"

"……아코답네."

"칭찬인가요?"

"칭찬이야, 칭찬."

익숙하지 않은 참견을 한 결과, 자신을 위해서라는 듯이 서투른 변명을 하는 모습이라든가, 말이지.

"아, 맞아요 맞아요. 세테 씨! 아차상으로 브라우니를 구워왔어요!"

"아차상이라고 단언하는 걸 보면, 이미 결과 알고 있었지?! 아코?!"

이렇게 우리의 대규모 레이드는 끝이 났다.

그곳에는 커다란 달성감과, 조금 탄 브라우니의 살짝 씁쓸한 추억이 남았다.

에필로그

"포기하지 그래?"

◆세테 : 이번에 온라인 게임이라는 취미의 글러먹은 면을 잘 알게 되었어!

세테 씨는 분노 감정표현을 뿡뿡 띄우며 말했다.

◆세테 : 그도 그렇게 생각 좀 해봐! 부활동 시간에다가, 집으로 돌아오면 바로 온라인 게임을 하고! 이렇게나 시간을 들이면 뭘 배우더라도 엄청 잘 할 수 있지 않을까?

◆루시안 : 들인 시간으로 따지면 어려운 자격증도 여유롭게 딸 수 있다는 건 유명한 이야기지.

◆아코 : 온라인 게임으로 쓰던 시간이 비게 되면, 결국 그 시간에 온라인 게임을 해버리긴 하지만요.

◆루시안 : 공부는 하지 않지.

그러니까 폐인이라 불리는 거라고.

◆세테 : 이런 취미는 해악이네! 응!

◆슈바인 : 온라인 게임을 하면서 할 말일까?

◆애플리코트 : 그럼 세테, 이 기회에 온라인 게임을 그만둘 거냐?

◆세테 : 안 그만둬! 아코의 말로는 나는 피학적인 취미가 있다고 하니까, 좀 더 자신을 괴롭혀볼까 해!

◆슈바인 : 너 나나코한테 무슨 소리 한 거야?!

◆아코 : 저는 제가 생각한 걸 말했을 뿐이에요!

◆세테 : 새로운 자신을 발견하는 건 재미있네.

◆슈바인 : 아코한테 세뇌되면 안 돼!

아아, 뭔가 여러모로 떨쳐낸 세테 씨가 쓸데없이 카오스하게 변했잖아…….

하지만 이렇게 느긋하게 온라인 게임을 할 수 있는 건 이러니저러니 해도 낙선했기 때문이라서, 그건 조금 좋았다고 생각한다.

◆세테 : 인수인계는 언제?

◆애플리코트 : 그래, 아직 미비한 점은 있지만 그 적극성은 훌륭하더군. 실패도 하겠지만, 분명 새로운 뭔가를 만들어줄 거다.

◆세테 : 내가 인정한 만큼은 되네!

◆슈바인 : 내가 제일 좋은 회장이 될 수 있어!

◆세테 : 그만둬~!

◆루시안 : 괴롭히지 마, 괴롭히지 마~.

아직 상처는 낫지 않은 모양이지만.

◆세테 : 아, 맞다. 아코.

그때, 세테 씨가 마음을 다잡으며 말했다.

◆세테 : 신부수업 쪽, 이야기해 놨으니까 다음 주부터 시작할 수 있어.

◆아코 : 감사합니다!

뭐라고?!

◆루시안 : 아코, 신부수업 할 거냐?!

◆아코 : 네. 세테 씨네 집에서요.

세테 씨네 집에서?! 그 명백하게 진지해 보이는 공간에서?!

◆루시안 : 그거 지금까지 인터넷에서 얻은 지식으로 공부했던 것하고는 레벨이 다르잖아!

◆아코 : 저도 진심이니까요!

◆루시안 : 아니아니아니!

그런 노력은 요구하지 않았어!

◆세테 : 으응? 그래도 루시안은 아코가 조바심내지 않고 자신감을 가져주는 편이 좋잖아? 이거라면 자신감을 갖고 추천할 수 있어!

◆루시안 : 세테 씨한테 무슨 소리를 한 거야, 아코!

◆아코 : 여자아이의 비밀이에요~.

우와아아아, 친해지는 바람에 아코가 위험한 사람을 아군으로 삼았어!

◆슈바인 : 루시안.

◆애플리코트 : 루시안.

슈와 마스터가 동시에 말했다.

◆슈바인 : 포기하지 그래?

◆애플리코트 : 포기하지 그러냐?

◆루시안 : 거절하겠어!

모두가 그 어떤 참견을 하더라도, 나는 절대로 포기하지 않을 거야!

■작가 후기

그룹 채팅 작성합니다.

오랜만입니다. 이제는 정말 없을 거라 생각합니다만, 분위기 타서 한꺼번에 구입하셔서 이번 권 후기부터 읽으시는 분이 계신다면, 처음 뵙겠습니다.

키네코 시바이입니다.

『온라인 게임의 신부는 여자아이가 아니라고 생각한 거야?』Lv.13입니다. 파티 플레이에도 익숙해지기 시작하고, 자신의 위치나 타인의 성격을 알 수 있게 되는, 하지만 으스대다가 실수를 저지르기도 하는, 그런 지점이 Lv.13이 아닐까 생각하며 글을 썼습니다.

그런고로 제 캐릭터가 Lv.13이 되었을 때 일어난 사건에 대해서 말해보려고 합니다만…… 뭐가 있었더라?

아, 맞다맞다. 최근에 했던 온라인 게임에서는 경험치가 들어오는 아이템을 연타하니까 Lv.13까지 2초 만에 끝났습니다.

요즘 게임은 레벨업이 참 빠르다고 생각했습니다.

─아니, 그게, 사실 Lv.13 즈음은 인상이 흐릿한 레벨이

긴 하죠. 운수가 안 좋은 느낌도 들고요.

잠깐 지금부터 레벨 올려서 13으로 만들어놓고 올 테니까, 기다려주시겠습니까?

아, 무리라고요? 하긴 그렇죠. 죄송합니다.

그룹 채팅 해산합니다.

그룹 채팅이 꺼진 즈음해서 감사의 멘트를—

일러스트의 Hisasi 씨. 이번에도 근사한 일러스트를 그려주셔서 감사합니다. 본문을 쓰는 와중에도 줄곧 일러스트를 기대하고 있습니다.

이번에도 도와주신 담당 편집자님. 다음에는 좀 더 빨리 상담하겠습니다!

코미컬라이즈의 이시가미 카즈이 씨. 매번 즐겁게 읽고 있습니다. 오리지널 전개도 보고 싶네요!

또한 애니메이션을 포함해 관계해 주신 모든 분들, 감사합니다.

마지막으로 독자 여러분. 애니메이션이 끝났는데도 변함없이 이어지고 있는 것은 여러분의 힘 덕분입니다. 정말로 감사드립니다.

그럼 기회가 된다면 꼭 다시 뵙도록 하죠.

키네코 시바이였습니다.

■ 역자 후기

안녕하세요. 불초 역자입니다.

이번 주제는 레이드였습니다. 레이드는 역시 MMORPG의 꽃이라고 할 수 있겠죠. 다수의 인원이 힘을 합쳐 강력한 보스를 잡는 그 성취감은 이루 말할 수 없습니다. 세계적으로 유명한 게임에서는 레이드 보스의 월드 퍼스트 킬을 노리는 정규 공격대들의 경쟁이 화제에 오르기도 하고요.

그래서 소규모 친목 길드였던 앨리 캣츠도 이번에 마침내 레이드에 도전하게 되었습니다. 역시 MMO 하면 레이드니까(편견) 안 다룰 수는 없겠죠. 저 같은 경우에는 그리 적극적인 참가층은 아니었지만 그래도 가끔 가면 꽤 즐거웠습니다. 대신 부담감도 높았지만요. 레이드는 아무래도 다수가 한 몸으로 움직여야 하다 보니까 내 실수로 기믹 처리를 못해서 파티가 괴멸하고 그러면 눈칫밥을 좀 먹잖아요? 그 부담감 때문에 싫어하는 사람들도 꽤 있고요. 그나마 앨리 캣츠는 전체적으로 친분이 있는 사람들끼리 파티를 짜서 망정이지 랜덤매칭으로 모여서 하면 으으…… 특히 이번에 작중에 나온 레이드 보스는 맵에 낙사가 있다 보니 작업하면서 낙사에 대한 안 좋은 추억들이 되살아났습니다. 낙사는 나쁜 문명……!

그 밖에도 드디어 아키야마의 가정환경이 공개되었습니다. 개인적으로 예상했던 것과는 조금 어긋나긴 했지만, 그래도 꽤 좋은 집 자식이기는 했네요. 계속해서 거리가 조금씩 좁혀져 왔던 그녀와의 관계도 이번 학생회 선거 사건으로 완전히 다른 멤버들처럼 절친이라 부를 수 있는 수준이 되었고요. 2권부터 함께 게임을 시작했는데 대체 몇 권이 걸린 건지……. 이런 면을 보면 역시 루시안과 아코는 커뮤니케이션 능력이 뛰어난 리얼충은 아니다 싶습니다. 당연한 일이겠지만요.

그럼 후기는 이쯤 하고, 다음 권에서 뵙겠습니다.

온라인 게임의 신부는 여자아이가 아니라고 생각한 거야? 13

초판 1쇄 발행 2018년 2월 10일

지은이_ Kineko Shibai
일러스트_ Hisasi
옮긴이_ 이경인
일본판 오리지널 디자인_ AFTERGROW

발행인_ 신현호
편집국장_ 김은주
편집진행_ 최은진 · 김기준 · 김승신 · 원현선 · 김솔함 · 권세라
편집디자인_ 양우연
국제업무_ 정아라 · 고금비
관리 · 영업_ 김민원 · 이주형 · 조인희

펴낸곳_ (주)디앤씨미디어
등록_ 2002년 4월 25일 제20-260호
주소_ 서울시 구로구 디지털로 26길 111 JnK디지털타워 503호
전화_ 02-333-2513(대표)
팩시밀리_ 02-333-2514
이메일_ lnovelpiya@naver.com
ㄴ노벨 공식 카페_ http://cafe.naver.com/lnovel11

netoge no yome wa onnanoko zya nai to omotta? Lv.13
ⓒKINEKO SHIBAI 2017
Edited by ASCII MEDIA WORKS
First published in 2017 by KADOKAWA CORPORATION, Tokyo.
Korean translation rights arranged with KADOKAWA CORPORATION, Tokyo,
through Korea Copyright Center Inc.

ISBN 979-11-278-4381-6 04830
ISBN 979-11-278-4218-5 (세트)

값 7,000원

*이 책의 한국어판 저작권은 (주)한국저작권센터(KCC)를 통한
KADOKAWA CORPORATION과의 독점 계약으로 (주)디앤씨미디어에 있습니다.
저작권법에 의해 한국 내에서 보호를 받는 저작물이므로 무단전재와 복제를 금합니다.

*잘못된 책은 구매처에 문의하십시오.

Copyright © 2016 Mugichatarou Nenjuu
Illustrations copyright © 2016 Riichu
SB Creative Corp.

검사를 목표로 입학했는데
마법 적성 9999라고요?! 1권

넨쥬무기챠타로 지음 | 리이츄 일러스트 | 김보미 옮김

「하지만 전 전사학과에서 검객이 되고 싶어요!」
일류 검사를 꿈꾸는 소녀 로라는 불과 아홉 살에 모험가 학교에 합격.
「검사 친구가 많이 생겼으면 좋겠다는 기대에 부푼다.
그리고 다가온 입학식 날, 로라는 검 적성치 측정에서 경이로운 107점을 기록.
보통의 학생은 50~60이기에 로라는 틀림없이 검 천재다.
그런데 하는 김에 마법 적성치도 측정한 결과…… 무려 『전 속성 9999』!!
전대미문의 압도적 수치에 학교 전체가 들썩. 마법학과로 즉시 전과 결정♪
검객이 되고 싶은 바람과는 반대로 로라는 천재 마법사로 쑥쑥 커가고
순식간에 마법학과의 어느 선생님보다도 강해지는데…….
인기 폭발 학원 판타지!!

©Sui Tomoto／『理想郷』Project/OVERLAP
Illustration Senbon Umishiima

세이버즈=가든

야나기노 카나타 지음 | 우미시마 센본 캐릭터 원안 | 쿠로사와 테츠 일러스트 | 요시무라 마사토 콘셉트 디자인 | 송재희 옮김

검도에 열심인 소년 텐조 키즈나는 어느 날 사범인 조부에게서
선조 대대로 물려 내려왔다는 검 모양의 액세서리를 받는다.
그로부터 며칠 뒤, 머릿속에 자신의 이름을 부르는 목소리가 들리고―.
목소리에 이끌려 도장 뒤편의 거목을 만진 순간,
액세서리가 진동하더니 키즈나의 시야는 화이트아웃.
정신이 들자 그곳은 낯선 이세계의 대지였고,
갑자기 현대에는 존재하지 않을 터인 『마물』에게 습격당한다.
"어째서 그 검을 안 쓰는 거야?"
아무것도 모르는 키즈나를 도운 것은 에바라는 수수께끼의 소녀인데―?!
『아르카디아=가든』으로 이어지는 《대지와 정령의 이야기》 시동!!

©Ryo Shirakome/OVERLAP
Illustration Takaya-ki

흔해빠진 직업으로 세계최강 1~6권

시라코메 료 지음 | 타카야Ki 일러스트 | 김장준 옮김

『왕따』를 당하던 나구모 하지메는 같은 반 아이들과 함께 이세계로 소환된다.
차례차례 사기적인 전투 능력을 발현하는 반 아이들과는 달리
연성사라는 평범한 능력을 손에 넣은 하지메.
이세계에서도 최약인 그는 어떤 반 아이의 악의 탓에
미궁의 나락으로 떨어지고 마는데—?!
탈출 방법을 찾을 수 없는 절망의 늪에서
연성사로 최강에 이르는 길을 발견한 하지메는
흡혈귀 유에와 운명적인 만남을 이루고—.

"내가 유에를, 유에가 나를 지킨다. 그럼 최강이야. 전부 쓰러뜨리고 세계를 뛰어넘자."

나락으로 떨어진 소년과 가장 깊은 곳에 잠들었던 흡혈귀가 펼치는
『최강』 이세계 판타지 개막!

© Fumiaki Maruto, Kurehito Misaki 2017
KADOKAWA CORPORATION

시원찮은 그녀를 위한 육성방법 1~13권(완결)| FD, GS 1~3권

마루토 후미아키 지음 | 미사키 쿠레히토 일러스트 | 이승원 옮김

이것은 나, 아키 토모야가 그다지 눈에 띄지 않는 한 소녀를
히로인에 걸맞은 캐릭터로 프로듀스하면서,
그녀를 모델로 한 미소녀 게임을 제작하는 과정을 그린 감동적인 이야—
"아앙? 할 줄 아는 건 하나도 없으면서 게임을 만들겠다고?
세상 물정을 몰라도 너무 모르는 거 아냐?"
"나에게는 이 끓어오르는 정열이 있어! ……아, 구기지 마!
꼬박 하룻밤 걸려서 쓴 기획서란 말이야!"
"표지밖에 없는 기획서를 쓰는 데 왜 그렇게 시간이 걸린 거야?"
"열한 시간이나 잤더니 남는 시간이 얼마 안 되더라고."
"태클 걸 데가 너무 많아서 어디부터 걸어야 할지 모르겠잖아……. 에잇, 에잇!"

……아무튼, 메인 히로인 육성 코미디, 시작하겠습니다!